清水昭三

如何なるや人倫

94歳、迷いながらも生きてきた

未知谷
Publisher Michitani

目次

如何なるや人倫

＊94歳、迷いながらも生きてきた

第一章

鉋《かんな》の跡はない。すべて手斧《ちょうな》の跡の柱の古い家は、幕末近い弘化時代のものだと祖母は言う。家の裏には小山があって、前は村道、その続きにほぼ五〇アールの水田が広がっている。水田の稲の出穂期《しゅっすいき》後、稲の養分吸収と土に酸素を入れ根を健全に保つために、湛水を止め落水を繰り返す。収穫期前の適当な時期を選んで、水田への水はすべて切って落とされる。稲の成長、収穫量、品質を左右するこの水管理の時期選びは、米作り最終盤の大切な仕事なのだ。

家近くの一〇アールほどの水田には、放った鯉の稚魚も大きくなって、この断水と共に、一斉に水田の片隅にある池の中に流れ込む。

池に流れ込んだかつての稚魚たちは、もう美事な成鯉の姿となっているのである。

この池の鯉に目をつけたのが、餓鬼大将である。いつもポケットに入れてある肥後守は、この餓鬼の一番愛用しているイタズラ道具の折り畳み小刀《こがたな》なのである。

一匹の鯉を池から捕らえるのは、実に簡単である。

餓鬼が池の端に寄ると、鯉の群れが向こうから近づいてくる。群れの一匹に、餓鬼は手早くあの肥後守を突き刺すのだ。

餓鬼の狙いはむろん一番大きい奴である。

それが緋鯉であれば、餓鬼にとって申し分ないのである。餓鬼は早速家に持ち帰り、その鯉の研究に取りかかるのである。

板の上の鯉は、もう呼吸しない。

餓鬼は肥後守で、まず眼を取り出そうと、苦労しているのである。

家の中から出てきた天子《てご》は、餓鬼の所作を見て驚いた。そして叫んだ。

「このバチ当たりめ！」

大声で叫んだ。

「うるさい」

負けずに大声で言う。

「うるさいったら」

天子は声を荒げて言う。

「バチ当たり。今に盲《めくら》になるぞ！」

「眼が見えなくなるぞ！」

「バチってなんだ」

と餓鬼の反問。

「バチってなんだい。そんなもの見たこともないぞ」

と餓鬼は手を休ませないで言い返す。

天子はちょっとたじろぐのである。

「バチはバチだ。眼に見えないものだ！」

「何をこくだ。この糞婆《くそばばぁ》！」

「糞婆とはよくも言ったものだ。お前の口は今に曲がってしまうぞ。それでもいいのか、この餓鬼め！」

「口が曲がろうとも、眼がつぶれようともオレは心配しない。そんなことはないからだ」

緋鯉の頭は胴体から切り離されている。餓鬼は手を休ませないで、応答しているのだ。

「バチは眼に見えないと言った。こんどは口が曲がる。眼が見えなくなる。どっちなんだ。

糞婆の言うことは、訳が分からねえ」

餓鬼はこの鯉を食うつもりはない。腹の中が、どうなっているのかを見たかっただけである。

肥後守はよく切れる。餓鬼のポケットの中には、必ずこの肥後守が入っているのである。

天子はこの孫の言い分に負けていた。バチは眼に見えないものだが、見えないバチが眼に見える形となる、それがバチだと思うのだが、悪童の孫にこの理屈が通じない。もどかしい。

「大きくなれば分かるぞよ」

「オレはもう大きいぞ」

「大きいものか。まだ小僧っ子だ」

「オレはもう小一になっているのだぞ」

「何を生意気に。悪いことをすれば、バチは当たるのだ」

「だからそのバチは眼に見えないから、当たる筈はない。バチなんかこの世の中にある訳ないよ。糞婆」

「なんて憎たらしい小僧だ、お前は」

「鯉の腹の中を調べているのだぞ。これが悪い事かい」

「悪い事かい。調べているのだ」

「それならそれなりに、親の許しを得てやるのが順当だ」

天子は池を造った時の苦労を知っている。セメントを使って池を造る工事など、この山里では珍しい。村の大きな話題であった。しかも、貴重な水田の一部を潰《つぶ》してまでもして。

鯉のために池を造る。天子の夫は村の変人の評価となった。その鯉をどうするのか。村人の栄養源と考えたのである。

病人のある家に配った。産後の肥立ちの悪い話を聞けば、その家に配った。村の祭にこの鯉を配った。人の役に立つ池であった。その池の鯉を、餓鬼は平気で殺すのである。餓鬼には面白い遊びであった。

天子の夫は逝《い》って、彼女は強い女になっていた。村里で天子を知らない者はいない。情の深い女という評判であった。

人人の役に立つ鯉を許しも得ず、勝手に殺す孫に苦情を言うのは当然のことであった。天子に言わせれば、これは教育というものであった。

殺生はバチ当たりである。役立つ場合は、殺生とは考えない。

餓鬼の行為は、どうみてもバチ当たりにしか思えない。餓鬼は生意気にも調べるのだとほざいた。調べる。調べてどうするのだ。何か分かるのか。ただの悪戯に過ぎない。餓鬼に鯉が栄養源などという高尚なことがどうして分かるか。

「生きものを殺すのはよくない」

「どんな生きものにも、命がある」

「命は大事にするものだ」

天子は続けて喋った。

餓鬼は聞く耳を持っていない。餓鬼の言い分。

「生きものにも悪い奴がいっぱいいる」

「そんなものは殺すことだ」

「糞婆、そんなことなら知っているはずだ。あの虫とり行事だ」

蛍が水田の上に遊ぶ頃、村の少年団は農道のあちらこちらに火を点すのだ。すると虫たちは、この火の明りを目指して飛んでくる。すべて稲の害虫である。これは少年団の年中行事である。麦わらを燃やすので、火の明りは水田の奥の方にまで届くのだ。餓鬼どもは、面白がって燃やす。楽しいのである。ただ、年に一度だけなのが残念である。燃やす麦わらにも限度がある。麦わらは肥料になったり屋根の材料になったりするためである。

夜のこうした害虫駆除は、たしかに面白くて楽しいのである。生きものを殺すのはよくない。命があるからだ。これが、糞婆の言い分である。しかし、生きものにも悪い奴がいて、これを殺してもバチ当たりになるのか。害虫駆除のようなものは殺生とは言わない。

オレは小学校一年生になっていた。そして糞婆との口喧嘩で、腹を立てていた。

彼女の言い分には、納得がいかない。あれは矛盾のせいに違いない。

バチは眼に見えないが、ほんとうは眼に見えるものか。

大人はそうして、子供たちをごまかすのである。要注意なのだ。

バチ当たりなどというものは、この世にはない。オレはそう考えている。糞婆は、眼がつぶれると言った。口が曲ると言った。それにはそれなりの理由があってのことであるのか。

オレは緋鯉の目をくりぬいたが、オレの眼はつぶれない。口も曲がらない。

バチとはいったい何のことだろう。

餓鬼の調べちらした緋鯉の終末は、彼がちょっと休んだその時、猫が素早く銜《くわ》えて逃げ去った。

餓鬼は惜しいとも思わない。鯉の一件ではない。糞婆の非難のバチだけにまだこだわっているのだ。

この時の小一の小僧が、老人になって、柳家の小三治とかいう落語家が鯛の話をしゃがれた声で、喋っていたことを知る。

落語家は、擬人化の手を使っていた。

鯛は人間のように考え、また喋るのだった。

魚屋の生簀《いけす》の中の鯛は長くて一週間の生命だと語る。鯛が長生きするには、主人が来たら腹を見せて、もう自分はこのように弱くなっている、と見せかけると、逆に主人はそのような鯛から掬《すく》い上げてしまう。長生きしたけりゃ底にじっと静かにしておれば助かる。

掬い上げられた運の悪い鯛は、じつに残酷に料理されてしまう。生き作りというのがその頂点だと噺家《はなしか》はリアルに語る。語るだけではなく、体全体を使って表現する。

そんな話を知ってしまえば、美味しい鯛も秋刀魚か鰯程度に舌は品定めをする。

餓鬼大将の小僧に、高級な擬人化の考えはない。相手が何を思っているか、などという余裕はさらさらない。もしもあったら殺生など平気でする訳もないのである。

オレにはオレしかないのである。糞婆のことは一切ないのである。相手は一家の中心はこの天子だとばかりに思っていたにせよ、そんな考えは、オレには通じない。

オレは部落でも学校でもオレはオレでいる。相手がどう思うかは勝手だが、オレはオレのやり方しか知らない。

問題はバチのことである。オレはバチというものを信じない。バチが何のことかも知らない。知らないものを、信じる訳にはいかない。糞婆さえバチについて、分かるように説明できなかったではないか。

彼女は知ってでもいるように叫んだ。

「バチ当たりめ!」

無許可で鯉を捕り、それを調べることがバチ当たりになるという理由が、餓鬼に理解されないのだ。

家《うち》の池の家の鯉を捕ったことが、バチ当たりなのか。それを殺したのがバチ当たりなのか、小学一年生のオレには分からない。

つまり、「バチ」とは何のことか。

オレは寝ても醒めてもバチのことを考えていた。

生きものを勝手に殺すことだけが、バチ当たりとは限らないこともあった。

オレは親父の本棚の世界思想全集の、ある一巻の表紙のカバーのぺらぺらしたすべっこい紙が珍しかったので、それで遊んだ。グラシン紙だということを成人してから知った。紙飛行機を作った。しかし失敗した。紙のせいである。失敗した飛行機は、無残の姿で庭の大きな柿の木の下で雨にうたれていた。

その紙が今までどこにあったのかを知っているのは、父信厚《のぶあつ》一人である。

愛書家の信厚は、オレのこの所業は許されるべきものではないと判断した。

「このバチ当たり！」

全集の中の一番汚れていた本である。出したり仕舞ったりしたことがすぐにわかる。マルクスという本だった。この汚れた本のカバーなら大丈夫と考えるのは、至極当然のことだと思う。そのくらいの知恵は子供にもある。

新任の駐在巡査は、必ず挨拶に来る。それは信厚が村で一番若い村会議員の役にあったからだ。

新任の巡査といえども信厚は注意する。こうした時には、この本のたぐいは居間にある本棚から消えていた。読むだけではなく、出したり隠したりしていた本の一冊であった。

多分、いくら愛書家の信厚でも、餓鬼が他の本からの盗みなら、小言ぐらいで済んでいたのかも知れない。運が悪かった。判断が甘かった。餓鬼の浅知恵というものであった。

「このバチ当たりめが！」

生きものでなく、物ごとにも「バチ」は当たるのだった。

しかし、オレはバチに当たった自覚が少しもない。

「これがバチというものか」

という自覚したことが、まだ一度もないのだった。

庭の柿の木の下の飛行機は、風に吹き飛ばされてもう消えていた。

バチは紙飛行機にあったのか。紙はひどい目に合ったものだ。ペラペラしていて、なにやら異国風の音をしたのでオレには魅力ある西洋紙だった。

あの調べに遭ってしまった美しい緋鯉もオレに殺されたそのことが、バチに当たったということであったたか、どうか。

バチはオレの先にあって、オレにはまったく無関係ではないかと思ったものだ。

天子や信厚に叱られたり注意されたりしたことは、バチではない。バチは彼女や彼が発した先にあるものだ。だからオレにはバチは当たっていない。叱られる前のオレと叱られた後のオレは、何も変わっていない。

その一時《いっとき》、オレは気分を悪くしただけである。だから糞婆と言うのである。なにが天子だ。「てご」とは片腹痛い。天の子。名前がよすぎる。こんな名前をよくも付けたものだ。明治時代の初めには、まだ許されていたものであろうか。

見下すように天子は言う。高い所から言う。

むろんオレの背は天子より低い。小一時代のことだ。オレには暴力という力がまだない。なんとか口答えで、攻めたり守ったりする他はないのだ。

「バチは見えない。見えないものがなぜ当たってくるのだ！」

と言う戦法しかない。

「糞婆には、バチがはっきりと見えるのか」

「見える筈がない」

「見えたらオレに見せてくれよ」

「そんなことができもしないのに、よくもバチ当たりめと言ったもんだ」

オレは口早にこのように主張する。精一杯の主張である。餓鬼の悪態では、決してないのである。守るより攻めなければならない。これがオレの心情というものではないか。いや、戦術だ。

「見えたら見せてくれよ」

「オレはバチを見たい。見たい。見たら生きものを殺さないよ。調べもしない」

オレは真剣だった。オレは糞婆の反撃の腰を見事に折ったと思ったものだ。

すると彼女は自信ありげに言った。

「坊にはまだ分からない。この歳で分かるなら神童だ。今に大きくなると分かるから」

これで休戦にしようという企みでもあろうか。なんと相手はにやにや笑っている。これがオレには気に入らない。勝利はオレでなくてはならない。相手は勝ったつもりの醜い笑顔である。

オレは慌ててしまった。負けたのに何故勝ったつもりで笑顔を見せるのか。

白髪の頭と皺の顔がとくにみにくい。幕末か明治生まれの女は、ふてぶてしいもののようであった。寺子屋で何を学んだのか。バチの本当の意味も知らないのに、バチ当たりめ、とオレを非難した。バチ当たりめであろうがなかろうが、オレはオレである。なんの不自由も感じない。

朝になる。起きる。顔を洗う。めしを食う。便所に立つ。肩かけカバンで家を出る。野道山道である。金毘羅山の下を通る。右手に肥後守を握っている。学校に着く。学校でサクラが咲いたと学んだ。この桜の満開の時、校庭で入学式をした。

オレ等は着物姿で下駄ばきであった。一人だけ異人のようなクラスメイトがいた。名刹の寺の子だった。紺《こん》のサージの開襟の背広だ。半ズボンだ。黒い靴下に皮の黒い靴だ。言葉、発音が違う。洋服姿は、彼一人だった。全校注目の的であった。

五〇人もの一年生の数は、珍しいと評判だった。むろん男女合わせての五〇人の村の小学校のことである。

オレはオレの習慣で過ごしていた。糞婆と言うようなオレだったから、喧嘩もしたが、その喧嘩に負けてはならない、と真剣だった。しかし、勝ったからとしても、喧嘩はむなしい。

祖母との体験で、そのことは分かっていた。

学校での不満はあった。糞婆のように、担任の若い女教師は、オレを敵のように扱うからだった。オレは不公平ということを学んだ。見込みの悪い、悪たれであった。肥後守を愛用してきた少年だった。誰が見ても可愛い少年には見えない。暇さえあれば、肥後守で竹や木を削っていた。肥後守を持っている者はオレだけではない。誰しも持っていた。鉛筆を削る必要があったのだ。それは筆入れ箱にあるのが正常であった。ポケットに潜むのは餓鬼大将他二、三人だったろうか。

肥後守は、竹や木を削るためのものだった。竹トンボなど朝飯前に作ってみせる。器用な腕になっていた。

思い出してみても肥後守を手にした喧嘩は一度もない。誰もがそのことを承知していた。喧嘩は素手で、体当たりでするものであった。

しかしオレはなんとしても、理屈で喧嘩するのが常套手段だった。

あの「バチ当たりめ」の論法だった。理屈が通らない口論は敗北に帰す。

「バチ当たり」論法は、オレの少年時代の持論であった。宝であった。間違っていない話法であった。

「バチが当たるぞ」と言った男がいた。

小一の寺の息子の関人《せきじん》だった。

餓鬼のオレが学校の裏山で蛇を取って、肥後守で料理のように切って見せたからだ。級友は口口にすごいすごいと言って、オレを囃し立てるのだった。オレは英雄になったつもりだった。

学校は中世の城の跡地に建てられてあった。校舎の裏山には神社があった。そこが餓鬼どもの格好の遊び場になっていた。蛇の種類は何であったかは、つまびらかでない。

「すごい、すごい」

と、級友は大声を挙げる。

「オレにも切らせろ！」

と、他の餓鬼が前に出て、オレの前に立った。

「お前もすごい、すごい」

と、級友は喜んで叫ぶのだった。

オレは少し引っ込んで、英雄の座を譲った。オレのいい所だと、オレは自認しているのだ。

蛇の姿はもう蛇らしくなかった。

その時に至って、寺の異邦人が叫んだのだ。音質が高い。それが関人だった。あの紺のサージ坊やだった。東京山の手の上流家庭の坊やのような関人だった。

山奥の津金《つがね》山の海岸寺の息子だった。なよなよした少年だと、オレは高を括《くく》っていた。上品な少年は、蛇に驚くと思っていた。しかし、関人は蛇に少しも驚く様子はなかった。関人の関心は、蛇ではなかった。このオレにだった。オレに反抗していたのである。

「バチが当たるぞ」

と、関人は忠告のように言った。このもの知り風の言い方が、オレの心に刺さった。

「おい、もうよせよ、止《や》めなよ」

と、関人は言葉を重ねた。オレは、手を休めていたので、黙っている訳にはいかなかった。

「関人、お前はバチを知っているのか」

と、即座に反論した。

すると関人は、なにやら知識人風な口ぶりで言ったのだ。

「バチを知らないのか、晶三郎《しょうさぶろう》」

オレは知っているぞ、という態度であった。あの、なよなよとした都会風の少年が、意外にも頑固な口ぶりだったので、オレは少しおたおたしたのかも知れない。

あいつは教室で頭が一番よい。だから、今度の論争は完全に負けるかも知れないという心配があった。

餓鬼どもの前で、オレが負けたら、オレの信用は丸つぶれになる。オレの立場、オレの独立心に傷がつくと心配した。

オレは恥をしのんで言った。

「オレはバチを知らないぞ」

負け惜しみの言であった。

「バチを知らないのか。蛇を殺して自慢するようなことは、バチ当たりになる」

「自慢しているのではない」

と、オレは守りになっていた。

「バチを関人は知っているのか」

と、オレは言葉を続けた。餓鬼共は、オレと関人の論争を面白がって、囃し立てるのだから、オレは負けられない。お山の大将の失墜、間違いなしとなる。これは必定というものだ。教室では関人の世界だ。歯が立たない。しかし、教室外ではオレの世界だ。オレはそう信じてきた。

「バチっていうのは、してはならないことだよ。ぼくはそう教えられてきたよ」

関人の父は、京都妙心寺派の寺、海岸寺の僧である。本山へ行っても高僧の扱いをうける僧だという噂を、檀家の村人は信じている。

オレは思った。蛇を殺すことはしてはならないことか。鯉を殺すことはしてはならないことか。

してもよいこと。してはならないこと。それは誰が決めたのか。オレの知ったことではない。

「関人、お前はバチを見たことがあるか」

と、例の持論をオレは開陳する他なかった。

関人は一瞬言葉に詰まった。何と言えば相手に問題の中味が通じるか、と迷ったのだ。教室では一番歯切れのよい関人が困っている。その表情は、餓鬼共にもすぐ分かる。直感だった。

しかし関人は体勢を整えた如く、咳を一つして言ったのだ。

「バチは見るものじゃない」

オレはそんなことに驚くものではなかった。

「見ればいい。見て言ってくれ」

オレは自信を取り戻したつもりになった。いい気分だった。教室の外では、関人に負けてはならないというのが、オレの心情だったからだ。

オレは寸時、満足した気分だった。野外ではお山の大将様でいられた。そうやすやすと失墜してなるものか、とその時は必死だった。

「そんなもの見える訳ないさ」

と、関人は平気で言った。

平気で言える関人を、オレは不思議な男だと思った。うちの糞婆等と同じではないか、と断じたのである。

オレの持論は正しいと、迷い心をおれは消し去った。

「見えないなら、見ろよ。どこに見られるか、オレたちに言ってみろ」

オレは勇気を出して言った。言い終わって、餓鬼共をぐるっと見廻したのである。それが大将の礼儀というものだった。オレの言う通りだろう、と彼等に同意を求めたのである。

たかが子供だ、と思っては困るのだ。子供にも子供の義はあると思って貰いたい。

関人はどう出るか。オレは待った。関人のことだから、黙ってしまうような男ではない。

山寺の異邦人の強靭さがきっとある。

強靭さは彼の脚力だ。歩行の強さだ。関人は寺男の付添いで登校し、また下校するのだった。深山幽谷の津金山頂の寺院からの通学路は、まったく舗装されていない悪路だった。もちろん村道だって舗装などされてはいない。それでも村道には、木材を運び出すために、トラックが来るのだ。村民がある一日、道路工事を春と秋に実施するから、村道はそれなりに立派なものといえた。農道だって道づくりの出動があって、馬や人が通り易く手を入れている。しかし寺への道は違っていた。人通りも少ない。道には石ころが多い。しかも坂だったから、帰りは大変の筈である。

ところが関人は、その道を寺男に負けないように早く歩くのだ。一見都会人のような弱さに映るが、実はなかなか折れない男だった。

彼が話すと白い歯が光って、相手を緊張させるから不思議だった。オレはどうか。オレの歯は並び具合がよくない。虫歯もある。これはオレの弱点だと思う。

「見えないものは見えない。だから見るものではないよ」

関人はうすら笑い顔で言う。余裕の表情である。オレは、急にたじろいでしまったものだ。やはり頭が悪いせいだと思い込む。これがオレのなによりも困った弱みなのだ。

「バチというやつを見せてくれたら、見るものじゃない、と信じるよ」

「証明したら、関の言ったことを信じよう」

そしてつけ加えた。初めて関と言った。

「オレは見たい、手に持ったり、触れてみたり、臭いを嗅いでみたりしないと、どうも承知ができない性分だからよ、な」

関人は呆れた顔で、再びうすら笑いを見せた。関と呼び捨てに言われたので、相手は逆に晶ちゃんと言った。

「晶ちゃんの言い分は、初めから無理だよ」

オレはすぐさま反論した。

「なぜ。どうして。どこが無理だい」

関人は、オレを困った奴だと思ってか、しばらく黙ってしまった。

神社前の芝生の上の円陣の、二人の討論はいつ終わるのか、餓鬼共はもう聞き飽きてきた模様だった。私語が出たからだ。最初は二人の論争に興味も湧いていたが「バチ」というので、何が何んだか彼等には上手に整理できないらしかったのだ。

ボールや小石が当たることはある。バチがなぜ当たるのか。見えないものが当たる筈がない。餓鬼どもは、オレと同じように考えているらしいのだった。

「関ちゃんの言うことは分からんなあ」

と、口口に円陣の餓鬼集団は言った。

「僕、父に聞いてくるよ。父ならきっと知っている」

と、関人がみなの了解を求めるような口ぶりで言った。

「それがいいよ」

と、円陣の級友たちは賛成した。

オレは急に淋しくなった。孤独になったように思い、体が寒く感じた。

一年生は当分の間、午前中の授業だった。担任の女教師が出張した日、彼等は自由時間だと決め込んで神社へ行く。担任は自習時間中の問題を出していても、自習ということができない。校長が来る。教頭が来る。来ない日のこともある。天気はよい。すぐ夏休みになる。教室内で静かに過ごせるものではない。

女の子も後に続いて、神社へ集まることさえあった。

女の子といえば、なんといっても油屋の千恵子だ。気品があった。色白であった。いちいちの仕種《しぐさ》がオレを惹きつけるのだ。頭だってよい。そこは肝心、見逃してはならない。けれどもオレは、千恵子に近づいて話すことが出来ないのだ。意気地がない。他の女の子なら近づくのに、どうしてか足が前に進まないのだ。この弱点を仲間に知られたくない。餓鬼大将に弱点があっては、お山の大将にはなれないからだ。

千恵子は小六修了後、甲府のミッションスクールに行ってしまった。あとの祭りだ。それを知らない小一時代のオレのことだ。村一番の油屋の娘だったら当然だと村人たちは思うだろうが、少年のオレに分かる訳がない。しかも甲府のミッションスクールへ進んだ千恵子が、運悪く甲府空襲に遭い死んでしまったから話にならない。

そのことを知ったのは、オレが復員して村へ帰ってからであった。

肝心の関人は、僧侶の父から「バチ」について教えて貰ったのかどうか、オレは今思い出さなければならない。

世間では高僧で、京都の寺寺では有名な関人の父親である。バチのことなら一言のもとに話してくれるに違いないのだ。

オレは待っていた。布団の中で眠れず、オレは次の日を待ち遠しく、いらいらしていたのだ。関人は何と説明するか。期待していた。多分、オレを煙にまくつもりかも、と疑惑につつまれていたオレだった。

暑い日だった。もうすぐ夏休みに入る。友達と会うこともない。淋しい。休みはない方がオレはよいと思っていた。

家より学校が好きだった。遊び友達がいるからだ。糞婆の相手では仕様がない。母の聖代《まさよ》とも性が合わない。父親ときたらなおのことだ。

糞婆は、バチ当たりめがと注意する。

聖代は、殺生するな、と強く叱る。

親父の信厚は、宗教の信心家らしく、これも天子なみに殺生を禁ずる。

オレは肥後守の愛用者だった。手当たり次第、調べてみないと気持ちが治まらない質《たち》だった。この時なにより肥後守で助けられた。

やっと夜が明けた。オレは家族の者とのことは何事もさけ、早く学校へ行った。友達の二、三の者はいたが、まだ関人の姿はなかった。

遠い山道だ。片道二里はあると彼が言った。関人は寺男と共に校門に近づいた。彼は寺男と一緒なのが恥ずかしいのか、彼だけが校門に入ってきた。寺男は小柄な背の低い老人に見えた。素早く校門を後にして消えた。

「晶ちゃん、駄目だった。親父は京都へ行ったので教えて貰えなかった」

と、済まなそうに言った。

「仕様ねえな。帰ったらな」

と、オレは残念そうに返事をするより他はなかった。期待していたからだった。

バチは見えないものだ、と言う関人の考えは保留となった。

もう授業はなかった。暑いのでみなは申し合わせたように、神社へ走った。そこに森があった。木陰を見つけ、腰をおろす。

餓鬼どもは戦争の話を始めた。戦争の深い意味は分からなかった。相手は支那だと担任が教えた。

三朗《みつお》の親父は出征した。村人から盛大に送られた。校庭での壮行会で校長の挨拶は、支那に勝つために三朗の父は行くのだと話していた。校長は大変名誉なことだ、と胸を張った。

担任に信用の無いオレにも増して、三朗が一躍英雄視された。女教師はこの一年生の中に三朗がいるのは、クラスの名誉だと朝の会で話した。

円陣は楽しい会話のための形式だった。

オレは三朗に言った。

「みっちゃんは、何処へ行っても注目されるなあ」

仲間の一人が遅れじとばかりに言う。

「出征兵士の子供だからな」

他の者達も、口を揃えて大声で言う。

「そうだ。そうだ」

三朗は満足した。親父がいなくても今は満足だった。

「オレは戦車兵になるんだ」

と、三朗は突然叫ぶように言った。

すると他の一人は負けまいとして言った。

「オレは飛行兵になる」

当然のように、すべて陸軍である。餓鬼共は海を知らない。見たことがない。

関人は違っていた。

「ぼくは大将か元帥だ」

オレは心配になった。関人が大将や元帥になったら、このオレはどうなるというのだ。オレは関人に先を越されてしまったので、彼を憎んだ。オレの表情の変化を見逃さない三朗は、オレに加勢した。

「天皇兵下《てんのう》になればいいよ。晶ちゃん、天皇兵下が一番偉いからな。いやならオレが天皇兵下になってやるよ」

「そうだよ、みっちゃんの親父は兵隊に行ったんだから、天皇兵下になる資格はあるよ、なあみんな」

仲間の一人が言った。

「皇后になる人は誰がいいかなあ」

女子児童はいなかった。オレはすぐ千恵子のことを思った。思っても発言する勇気はなかった。気の強くなった三朗達の一人が言うのを待つより手はない。

「オレは千恵子だと思うよ」

「オレも千恵子がいいと思う」

「オレも千恵子に賛成だ」

「千恵子が皇后で、天皇はみっちゃんか」

「いいぞ、いいぞ。先生に教えてやろう。先生はびっくりするぞ。面白い」

「馬鹿なことを言うな。言えばきっと叱られるに決まっているずら」

「だって、一番強い者になりたいと誰も考えているずらに。だから今はみっちゃんが天皇になったって問題ないよ。なあみんな」

「そうだ。そうだ。千恵子の皇后と同じように賛成だよ。やあ、面白い」

「戦車兵が一躍天皇になった。みっちゃん、すごい」

三朗は満足だった。この時だけの満足だった。西山（南アルプス）の向うに支那があると教えられていた。西山の連山は三千メートル級の山脈だった。だから連山だと、支那へ征《ゆ》く前に、親父は息子に話した。親父は歩兵になるのだった。甲府の四九連隊に一先《ひとま》ず入隊し、それから支那大陸に赴くらしい。

オレはもう形無しであった。お山の大将どころか、新兵の陸軍二等兵に成り下がった心境だった。

これは天皇のせいかも知れなかった。そうではない。女子も集まってきた。千恵子もいた。その千恵子のせいであった。この円陣に千恵子が出現したから、オレはオレの体全部が萎えるのを知った。急に体が固くなってしまった。千恵子という言葉を聞いても、自分で思っても同様だった。

油屋の千恵子は、女子仲間の中心にいた。しかし彼女は、ただ仲間に慕われているに過ぎなかった。とくに先頭に立って、行動するようなことはなかった。お姫さんのように見えた。村一番の油屋のお嬢さんだった。それだけの条件で、女子仲間の中心になっていた。勉強もよく出来て、オレよりも頭がいいと晶三郎は窃《ひそか》に考えていた。つまり高嶺《たかね》の花であった。手の届かぬ所に、千恵子はいた。

千恵子が今天皇の妻皇后になったと知って、オレはたじろいでしまったのだ。

三朗が天皇になるのは仕方ない。彼の親父は、名誉ある出征兵士になった。その息子の三朗が天皇になるのは当然のことだ。そうオレは思った。そう思うとオレの体は軽くなった。涼しい風が吹いてくる。風は前から吹いていたが、オレは初めて涼しい風を体に感じた。解放されたような気分になった。オレは二等兵になってもよい、と思ったものだ。

今まで黙っていたのは関人だった。その関人が発言したから、みなは黙って静かになった。森の中を吹きぬく風が、餓鬼共をやさしく包むのだった。

関人が言った。

「なんだか変だと思う」

「なにが変だよ」

と三朗が聞いた。

「天皇には誰もなれないんだよ、ぼくはそう教えられていたからさ」

「そんなことがあるものかよ、天皇だってオレ達と同じように人間だろうに、なあ、みんな」

「そうだよ、だから天皇にもなれるんだよ。休み中の戦争ごっこの時、オレが天皇になるよ」

と仲間の一人が宣言した。

「順番からすれば、オレだよ」

と、他の仲間が注文をつけた。

みなが一斉に大声で笑った。

関人もオレも笑うことは笑ったが、声にはならなかった。

本当に関人の言うように、誰も天皇にはなれないのだろうか。仲間の一人は、同じ人間だから天皇にだってなれると言っていた。

オレは正直のところよく分からない。

分からないのは、あのバチのことだ。

関人は、バチは見るものではない、とオレに言った。

オレの意見と大いに違っている。そこを糺《ただ》す必要があるのだ。

海岸寺の高僧は、京都の妙心寺へ出張したという。だから関人は、親父の答えを披露できないことになった。二人の間のことで、餓鬼共とは関係はない問題だった。

オレは天皇や皇后の話題などに、足を掬《すく》いとられはしないつもりだった。やはりバチのことだった。バチを教えてくれる人は、関人の親父に限られてしまった。オレはそうした問題に一途となった。

京都は遠い所のようだ。海岸寺から馬に乗って韮崎《にらさき》という宿場町へ出る。そこに中央線の駅があって、汽車にたよる。

いつ寺に帰って来るのか、この肝心のことを関人も知らない。京都から高僧が帰ってこない限り、バチ問題は棚あげとなる。オレは悠長なことはきらいだ。短気に近いのだ。だから喧嘩ぽい性分だと思う。質の悪い、いやな餓鬼に見られている。仕方のないことだ。

誰のせいでもない。運命というのだろう。

「運命か……」

小一の馬鹿小僧でも、この位のことは考えるものだ。

オレはある日、囲炉裏《いろり》で数を数えていた。茶釜を叩きながら、一つ、二つ、三つと声をあげて数えていた。だんだんと声が大きくなっていった。右手に力が入り握った火吹竹が割れんばかりの音をたてるのだ。

この行為は宿題だった。宿題のためならこうした数え方も許されてよい筈だった。

音を聞いて現れたのは、あの糞婆だった。天子とは名前が立派だ。テンコではなくオレはテゴと読むのを知っていた。

「茶釜を叩くとは何事か。この餓鬼め。庚申《こうしん》さんのバチあたりを見るぞ。晶《しょう》は悪い奴だ。手のつけようがない奴だ」

小一になりたての可愛い筈の児童のオレは、悪たれ小僧だった。

天子のいう庚申さまのバチがあたるとはどんなことか、その時もバチにオレの足は掬いとられていないことを思い出す。

オレはどうしても百以上、千以上に数えたかったのに、百にも達しないうちに天子からのきつい罵声を浴びてしまった。

後年、庚申さまについて調べてみた。あの当時は辞書のあるのを知らなかった。

知らなかったのは、世界地図のこと、日本地図のことでもあった。

地図そのものが分からなかった。地図を教えてくれたのは、高学年になってからだった。

三朗の親父が支那の戦場へ出征したことは、送ったので知っている。村境まで送った。

「武運長久！」

と、送り人は叫んだ。

「生きて帰ってこいよう！」

と、村人は叫んだ。

餓鬼共も面白がって声を張り上げたものだ。

「生きて帰ってこいよう！」

武運長久なんてことは、分からなかった。

辞書の庚申さまの記述はこうだった。後で知ったものだった。

〈庚申　干支の一つ。かのえさる。庚申の夜に寝ると、人の腹の中にいる三匹の虫が抜け出して昇天し、天帝にその人の罪科を告げ命が奪われるというので、寝ないで過ごしたこと。庚申待ちともいう〉

これは屁理屈ではないかとオレは思ったものだ。この一夜は若い者の祭りである。一晩中、酒を飲んで楽しむ会合ではないか。バチが当たる訳がない。

糞婆の罵倒は筋が通っていないと思った。たしか人間死ぬまで勉強だと口癖のように言う天子は、おこうじんさまと言ったように記憶している。小僧の小一に分かるように「火の神さま」と言った方がよかった。庚申は火の神様ではないのだ。

神さまと言ったところで、これもバチと同じように目に見えるものではない。大人は子どもを騙すのがうまい。困った時には、すぐバチ当たりと言ったり、神さまが見ているぞ、と脅すから、オレ達子供はそういうものかとうっかり信じてしまうのだ。

バチ当たりの本当の意味を知ったのは高学年になってからだ。学校には小さな図書館、館ではなく室があった。そこに辞書があった。辞書を使用できる所まで、オレは成長していたのである。

〈罰《ばち》が当たる。人間の悪行の報いとして、神仏から現世で苦しみを与えられる。転じて、

おごりや悪事の報いを受ける。用例。あんなに悪事を重ねたのだから、罰が当たったのは当然だ〉

バチとは罰のことであった。罰なら罰としての意味は分からぬ訳はないのだった。しかしその罰を差配しているのが、神や仏だと決めているのは理解し難い話だ。報い。どんな事を報いと定めているか。

オレは、信じない。オレは罰など信じない。眼に見えないものを信じる訳にはいかない。仮にオレが運動場で転んで傷を負う、大した怪我ではない。これはバチ当たりの報いなのか。

おれはその前にどんな悪事を働いていたか、そんな覚えはない。オレには悪事らしい悪事はない。糞婆と罵ることが悪事だというのか。しかしオレはなんの困ったことにも、まだ対面していないのではないか。

肥後守で指を切ることぐらいは、日常茶飯事、こんなことは罰に値しない。報いでもない。

秋になってから海岸寺の高僧は、京都から帰ってきた。

関人の父親には、檀家の村人は誰一人文句を言う者はいない。高僧は村長の名前さえ呼び捨てにするくらい権威があったのだ。オレの兄弟の命名者は、この寺の僧であった。オレだけは違っていた。村人の檀徒は命名して貰うことが当然、不思議に思う者はいない。

オレは命名して貰ってないので嬉しかった。親父に感謝していた。関人に対し引け目であってはならないからだった。

いよいよ京都から帰ってきたか。これも村内のニュースとして話題は広がった。寺男は解放されたのである。

関人は雨の日以外は、なんと一人で通学できるようになっていた。寺男は解放されたのである。しかし、雨風の日だけは寺男と共に片道二里の悪路を通うのだった。

なよなよしているようにしかオレには見えない関人だった。紺のサージ、開襟スタイル、首を飾る白い襟がなんともいえない。男のオレが見ても美しい。

そしてあの光り輝く白い歯である。オレの劣等感は濃くなるばかりであった。

ところで支那との戦争を、日本では支那事変だと言った。校長も教頭も女教師の担任も同じように支那事変だと言って、胸を張っていた。つまり勝ち進んでいたらしいのだ。

ところがどうしたことだ。友の三朗の父の戦死の報がもう届いたのだ。

「武運長久！」

の声は届かなかった。

「生きて帰ってこいよう！」

村人の声もむなしかった。

三朗の態度に変化が生じた。戦死の一報後から、彼は大人びたのだ。体が急に大きくなったように映った。本当に背が伸びたのかも分からない。定例の身体検査は、春一度限りなのだから、あの時の数値は今はなんの意味もない。

三朗は本当に英雄になった。例えばこうだ。秋の遠足で近くの他校へ一年生は行った。余り遠くまでは行かない。むろん日帰りのコースである。

隣の小学校訪問だった。その時のことであった。隣の学校では三朗を名指しで呼び出し、勇気を出して下さい、元気を出して下さい、と称えたのである。教員同士で話が出来ていたらしいのだった。

体の大きくなった三朗はニコニコしながらペコペコ頭を下げて応えていた。

オレはその時、三朗は本当に英雄になったと思った。

訪問先の小学校は全校あげて、戦死者の子に拍手を送ったからだ。多分、全校生徒児童、合計二百五、六十人であったろう。オレの学校も同じ程度の規模であった。

戦死者は珍しかった。緒戦だったからだ。英雄視された三朗の父の葬式は、壮行会があった同じ校庭の奉安殿の前で、村葬の形で行われた。そこでまた彼は英雄視されていくのだった。

餓鬼共は三朗の英雄視に対し、妬《ねた》むほどになった。妬むとは醜い魂胆だった。だが餓鬼共は平気だった。

「オレは飛行兵になるんだ」

と、意志をかためていた。

「オレは戦車兵になるのだ」

と、迷う心はなかった。

「オレは歩兵になり、軍旗を持つのだ」

なかには違った者もいた。

「オレは死にたくないから、川崎市の軍需工場で働くのだ」

と、小さな声で言う奴もいた。

まだオレはバチ当たりの一件で、頭は一杯になっていたのだ。

関人は彼等の会話には加わらない。端でただ見ているだけだった。

彼には戦争という争いの意味が分かるらしかった。なに故に遠くの異国まで行って、戦っているのか。疑問が子供ながらに湧いていた。

戦いには死者も出る。三朗の親父のように死ぬのである。死ぬのは馬鹿げている。馬鹿げているのは、死者を出す戦いの方だ。

三朗の親父一人の死で済むものではないに決まっている。今に、次次に召集される村人が出るに違いない。死んだ人の分に対応するだけの人が、召集される勘定になると思う。

関人は山の頂の寺でそう考えていたから、兵隊にはなりたくなかった。小声で川崎市の軍需工場で働きたいと言った奴が好きになった。奴は死にたくないとはっきりと皆の前で宣言した。偉い奴だと思った。何時も女教師の担任に注意されている奴だった。頭の切れる奴とは思えない。小作人の倅だった。それだけに偉いと思った。

支那の国は海の西の方にある。船に乗って軍隊はそこへ行くのか。なんのためにに。戦うために。なぜ戦うのか。その理由は何だ。こう考えてくると馬鹿馬鹿しくなってくる。山頂から甲府盆地の続きの、峡北の平原が眺められた。西山連山もよく見えた。関人はなぜオレは、寺に生まれたのだろう、とふと思った。寺に生まれたばかりに、毎日のように、片道二里の道を歩かねばならない。これは不運というべきものだ。

餓鬼共は遅くまで学校で遊んでいる。オレは、中途で、奴等にさようならをしなければならないのだ。日暮れの早い秋だ。オレはもう帰る時の機会を探っているのだ。それを無視した餓鬼共は、三朗の本当の気持ちを知らずに、平気で騒いでいる。

死にたいなら早く志願すればよい。少年兵を国は募集しているではないか。

尋常高等小学校を卒業さえすれば、少年兵になれるのだ。

陸軍の戦車学校に合格すればよい。飛行学校に合格すればよい。国は彼等を求めている。だが、情けないことに、餓鬼共はまだ小学校一年生になったばかり。秋が終わり冬になり冬が終わり、またやっと春に二年生になるのだ。三年生、四年生、五年生、六年生。六年生を修了すれば、恵まれた男は中学校へ、恵まれた女は女学校への門が待っている。

小作人や自作人の農家の倅たちには、そうした学校には縁がない。そうした恵まれた家人でも、合格できなければ意味はない。

オレは高等科に進むより他になんの手もない。関人のように考えていないから、餓鬼共は、天皇や皇后になることも可能だと思っている。だから、大将や元帥にも希望を持つことができたのだ。

オレはどうする。差し詰め、高等科だ。そこでじっくり考えればよい。

関人がオレに言った。

「京都から親父が帰ってきたから、あのこと聞いてみたよ」

「何んと教えたか」

オレは早く知りたかった。

「僕は見るものじゃないと言ったよ。親父は、見たくても見えるものじゃない、と教えたよ。バチっていうのは、それぞれの人の胸の中にあるものだというのだよ」

「胸の中にある」

「そうだよ」

「じゃ、やっぱり見えないものじゃないか。オレと同じ答えだ。嬉しいよ。偉い坊さんと同じ考えだから嬉しいよ。帰ったらヨロシク伝えろよ、関ちゃん！」

オレは充分に満足した。

津金小学校一年生の思い出が以上の話だ。まだまだ千恵子のことも話したいが、その機会はまだのようだ。

第二章

〈人間の悪業《あくごう》の報いとして、神仏から現世で苦しみを与えられる。転じて、おごりや悪事の報いを受ける〉

〈報いとはあることをした結果として得られるもの、または身に受けるもの。果報。前世の――善行の――〉

後の引用は岩波の『国語辞典』からのものである。前のものは『成語林』という旺文社のものである。

オレ達餓鬼共も六年生になっていた。その間に、朝鮮人の男の子が入学したり、また退学したりしたことがあった。日本語の発音が変なので、オレたち悪餓鬼は彼を笑った。差別の意識が子供ながらにしてあった。それは大人を真似たからだった。悪いのは大人達だった。

美しい朝鮮人の女の子は、家の近くに住んでいたが、すぐ出ていった。彼等は安定していないことがオレにも分かった。

あの辞典にある「報い」には「果報」とあった。果報ならバチは当たらぬことになる。辞典には悪報もあるとは書いてなかった。ないけれども、果報より悪報を強調する必要があった筈ではないか。

オレに罵倒する言葉を投げてくるのは、みな悪報を意味していたものばかりだ。それはオレが善行をしていない証拠である。ということかも知れない。

肥後守を手にしているオレには、善行はないのか。そんな筈はないのだ。

六年生ともなれば、オレは田や畑で大人に近い仕事をやっていた。

「晶の働きで助かる」

と、聖代《まさよ》は言ってくれる。オレは単純だから、すぐ嬉しくなって、また次の日にも手伝うことに決めるのだった。

神仏が現世のオレ達に果報か悪報かを決定する力があるというのだ。そればかりか前世の者が悪業をしていたならば、この現世のオレ達に、まぎれもなく悪報が飛んでくるという。

こんな非科学的なことがあり得よう筈がないのだ。しかし人間は弱いから、こんな辞典にあるような話を信じてしまうものである。それだから辞典に記述されるのだ。

罰は胸の中にあると僧は教えた。胸の中の罰は見たくても見られない。見えない。ここに出てきた神も仏も、誰も見た人はいない筈だ。見たら、神はこうだ、仏はこうだと絵に描いて示すだろう。会ってどんな話をしたかも開陳するに決まっている。自慢として大げさに宣伝する筈である。

オレの部落の熊野神社は氏神様である。少年団は月に一度清掃のために参詣する。神様は何だろうと思って、神殿の奥を探してみると、ただ円《まる》い鏡が一つあるだけだった。氏子達は祭典の際、みなこの鏡に向かって頭を下げていたのだった。この鏡に何の力があるというのだろう、とオレは真剣に考えていた。

オレは関人に言ったことがある。

「関ちゃんはお寺の人間だ。仏を見たことがあるかい」

「見たことはないよ」

「そうだろうとオレは思っていた。あの仏像というのは仏さんか」

「むろん仏さんだ。仏さんにもいろいろあるよ」

「だったら仏さんを毎日、いろいろの仏さんを見ていることになるのかなあ」

「あれは仏像という奴だよ」

「本当の仏さんはやっぱりお寺にもいないのか」

「そこは問題だ。お寺がある以上、どこかに本当の仏さんはいることになっている」

「親父さんは、その本当の仏さんを見ているということかな」

「よく分からんよ。晶ちゃんは、くどいなあ、僕を苦しめるなよ」

「神社の神主さんは神を見ることができる。寺の和尚さんは仏さんを見ることができる。そう思ってオレは落ち着いているのだ。しかし間違いらしいな。関ちゃんの話しぶりで、オレはそう思うしかないよ。やっぱり神主さんも坊さんも、本当の神も本当の仏も見ることは不可能なんだよ。無いものが見られる訳がないよ。関ちゃん、そうだろう。オレの言ってることは間違っているかい。間違っていたら、訂正するよ。お寺の生まれの関ちゃんだもの、少なくても仏さんの分については……」

「僕に分かる訳ないよ。親父だって、朝晩お経を読んでいるが、あれは分からんから読んでいるらしいよ。見たらな、般若心経というお経だったよ。お経にもいろいろあって、経堂に入ればものすごい。あんなに多いのは、本当の仏さん、晶ちゃんのいう本当の仏さんに会うためにあると思う。お経は本当の仏さんに会うための参考書かも分からんよ」

「関ちゃんは、実にうまいことを言うね。オレは感心しちゃったよ。やっぱり天下の海岸寺のおぼっちゃんだよ」

「おぼっちゃんはないだろう。来年は中学生になる歳だよ。歳はお互いだけどね」

「実はオレの親父も農業、つまり百姓だが時折仏壇の前でお経を読むよ。やっぱり本当の仏さん見たいからなのかなあ」

「村民にそんな人はいない、と僕の親父は言っていた。親父の調査不足だなあ。しかし読経はいいことだと思うよ」

「オレの親父は長男だ。八人兄弟の長男だ。苦労もしているが、祖母や母の苦労の方も大きいと思う。みんな弟や妹たちのそれぞれの道の始末で大変だったと聞いていたよ。次兄の叔父は坊主の大学へやった。つまり寺へ出し、そこから大学さ。妹の一人は親戚の家へやり、そこから東京の女学校へやった。三男は韮崎の中学へやった。四男は東京で苦学生の道に追いやった。言えばきりがない。自分自身は苦学して師範学校へ入り、教師になったその途端に肺病さ。運が悪かった。鉄道会社で働いたり、村の殖産会社に勤めたりしてさ。六年生ともなれば、大人達の生きてる姿が見えてくるよ。人間には運もあれば不運もあるさ。それが分かるようになるよ。親父は朝早く起き、かまどの火の明りで本を読んで、隣村の高等科三年の特別コースへ通って、甲府の師範学校にやっと合格したらしい。肺病にならなければ、今頃は、小学校の校長になっていたのに、今も村の殖産会社の書記だから可哀想だよ。そんなふうに親を見ることも、六年生になったからだよ。六年生は大事な年だよ」

「そうだよね。僕も晶ちゃんの今の話に同じだよ。もう、僕たちは天皇になる、皇后に誰がなる、元帥や大将になるなんて言う者は一人もいない。あれは他愛《たわい》もない夢だった訳さ。もう天皇なんて人前で言えば問題になる。神様、それも生きている神様だというけどね。天皇は生きている神様。生きている仏様はいないが……。何か変だと思わないか」

「オレは迷っていた。生きている神様を天皇だと村長も校長も教頭も担任も言うから、本当かも知れないと思うのだ。家の中でも親父は天皇さまは、生き神様だと教えた。母の聖代は、お前たちは天皇さまの息子だ。これを赤子《せきし》というのだ、と教え諭した。祖母の天子《てご》は、天子様《てんし》はむろん生き神様だと口癖のように唱えていた」

いつの間にか、日本の四大節の式典に在郷軍人会の会長や熊野神社の神主が臨席するようになっていた。

村で一番若い村会議員の信厚には、学務委員という肩書によって、校長からの案内状が届くようになっていたのだ。

オレはこの四大節が窮屈になった。親父が参列するからだった。

当日、高学年の六年生は教室と教室の境界の大きな戸板をはずして、講堂を設《しつら》えるのだ。これは昔から六年生の仕事だった。

六年生の教室の天井近くに、御真影をまつる小さな宮が設置されている。

校庭西隅に立つ立派な奉安殿の中から、当日教頭が四大節に関係のある御真影——つまり写真を恭《うやうや》しく、そこに遷座するのである。オレ達は校庭で遊んでいても、教頭が眼より高く御真影を捧げ持っていく姿に、最敬礼をしなければならなかった。

一年生、二年生の頃は御真影というものが何であるか皆目分からなかった。

厳粛であるべき式典の最中、校長があの小さな宮の扉を開く際、ついつい最敬礼の姿勢を忘れ頭を上げ、盗み見をするのだった。校長が床の上を黒の革靴で歩く。その音がオレ達餓鬼の心に誘惑の嵐を呼ぶからたまらない。そのうえ、扉の音だった。校長が白い手袋をした両手で扉を左右に開く時、なぜか四大節の際、必ずギイギイと静かな講堂内に忘れられない音がする。誘惑の心を抑《おさ》えるような餓鬼は、低学年にはいない。高学年にだっていない。

ああ、校長先生が緊張しながら扉を左右に開いているとオレ達は確信し、安心するのだった。なんでも当日、白い手袋を忘れて、素手で扉を開いた小学校長は、首になったそうである。開いた奥に何があったのか。教頭が奉安殿から持ち出したものだ。

髭の生えた人物であったり、眼鏡をかけた人物であったりしたが、あの人物たちこそ天皇であったのだ。

小一時代、神社の芝生の上の円陣で話し合ったあの時は、天皇になれると思っていた。関人のような冷静な男、小癪な少年だけは、こうしたことを卒業していた。

あの眼鏡の人物が今の天皇。生きている神様。村長も校長もオレの親父もみんな生き神様と信じている。

若い交番の巡査は、首を上げたオレ達を睨んでいた。不敬だぞ、頭を下げろ、といった表情は、後ろの方に並んでいたオレにも分かった。

四大節でいいこともあった。式典が終わると、その日は授業がない。帰り際に紅白の饅頭が貰えるからである。

オレはこの饅頭を、帰りながら食べたためしはない。必ず天子にも聖代にも分けてやった。朝から晩まで休みなく働く二人を見ていたので、オレのやさしい心がそうしたのだった。

担任が男になった。三年生と四年生は男の代用教員だった。

「頭を上げた者は残れ」

オレ達は正直だったから残った。

男の代用教員は、多分巡査から苦情を聞いたのであろう、苦情を聞いて聞き流す訳にはいかないから、心を鬼にして言ったと思う。

オレは代用教員が好きだった。一年生、二年生時代の女教師は嫌いだった。美人でもないのに美人ぶっていた。厚化粧だった。オレは見込みが悪かった。さもない事でも、オレは注意され通しだった。

正教員は少なかった。召集されていたのだ。

「オレも近いうちに戦争にとられるかもしれん。こうして生きている間、お前達と楽しく送りたいものだ」

大声の彼は、黒板に大きな数字や大きな文字を書いて、説明した。

歌が好きで軍歌を教えた。

「先生は天皇陛下のため、国のために命を捧げるつもりだ。お前達はどうだ。大きくなったら軍隊へ志願しろ。早いほど階級も上がり、遅く入った者は、苦労するからな。先生は特別幹部候補生の試験に合格すれば、お前達と別れるだろうな。合格すれば先生はすぐ将校になれるのだぞ。お前達もそのつもりで勉強するんだな。そのためには、体を鍛えることだ。

甲種合格の体をつくることだ。まあ、先生はその日までお前達と楽しくしたい。この学校、いい学校じゃないか」

彼は村に一軒ある富山の薬売りの泊まる宿屋に泊まっていた。甲府の人だったからだ。甲府中学から東京の第一高等学校を受けて失敗し、山の学校を選んで来たというのだ。他の正教員より、桁外れに光っていた。

秋の行事に枯れ松葉集めの作業があった。

校庭に霜柱が立つと、もう校庭で体操も球技も、遊ぶことさえ出来なくなる。そこで全校の児童は枯れ松葉を集め、それを校庭に敷くのである。枯れ松葉は、強い八ヶ岳おろしが吹いても飛び散ることはない。

校庭に絨毯をつくるのだった。一、二年生は近くの山の松林へ行く。三、四年生はもう少し遠い山へ行く。五、六年生はさらに遠くの枯れ松葉の多い山を目指して行く。大きな袋に詰め込み、背負って帰ってくるのだ。この地方では枯れ松葉のことを方言でゴクモと呼んでいた。ゴクモの絨毯の上で、オレたちはよく相撲を取って遊んだ。

五、六年生には、まだ仕事があった。冬の間使うストーブの薪を用意することだった。高学年とはいえ、この仕事は重労働であった。

学校林は余りに遠くの所にあった。関人の山寺ほどの所にあった。そこでまず木を切り倒す。それを五、六〇センチに切るのだ。枝は捨てる。生木《なまき》は重いのだ。枯れ木があればありがたい。

山の仕事は、まだ楽である。これを背にして学校まで運ぶのである。重い。道は遠い。この仕事は一日一回だけでは終わらない。村で用意すべきものだろうと、不服ながらやるしかないのだ。校長以下多くの教員は出動する。女教師たちが留守番だった。三、四年生には無理な作業だった。薪の用意は五、六年生の重大な仕事になっていた。重労働だったのだ。

高等科一、二年生は明治初年建設された和洋折衷の二階建ての校舎なので、共に仕事をすることはない。あちらは男女別別のクラス編成だった。とにかくこの薪を用意する作業は大変だった。担任に褒められたり、煽てられたりすれば気分はよい。そこで誰もが馬鹿力を出して、一本でも多くと薪を背にするのだった。汗を流し、くたくたになって家に帰って行く。

「戦地の兵隊さんのことを思え。このくらいの苦労は苦労のうちに入らないぞ！」

これは校長の檄であった。

「そうかも知れんなあ」

と思いつつ重い腰をあげるのだった。

背の薪を校舎裏におろす時の快感は、たとえようもないほどだ。オレがオレでないように、体が急に軽くなるのを知る。しかし、それも一時、疲れは足から上半身に登ってくるのだ。とても教科書を開く気などおきない。食べて寝るだけだった。

ゴクモを集め、薪を用意して、こうして冬に対するのだった。一一月下旬の頃のオレ達の仕事であった。

若い代用教員が去った後に、ベテランの村出身の中堅男性教師が着任してきた。師範学校出の実力者だった。習字の指導で、彼の筆字のうまさに餓鬼共はびっくりした。達筆と能筆は父兄への通知文がよくそれを示していた。

歴史も詳しく話した。オレ等は歴史が好きになった。忠義の勇士には熱を入れて話し、逆に賊の人物には憎たらしく話した。表情まで変えての熱弁に、歴史の時間のたつのが短く感じた。

地理の時間には、大きな世界地図を職員室から持ってきて、黒板の前に掲げるのだった。白墨で書くことはしない。黒板は陰となったからだ。ベテラン中堅男性教師の担任は、ここが支那大陸だと鞭で示して見せるのだった。その鞭を提供したのはオレだった。肥後守で切ってきた竹だった。オレは満足だった。

支那は馬鹿でっかい国だとすぐ分かる。三朗の親父は、こんな所にある国で死んだのかと、オレは彼の横顔をそっと見たこともあった。支那の国と日本の国を較べてみて、餓鬼共はみな驚いた。日本の国は赤く大小の島島が北から南に向かって弓状に曲がってあるだけだったからだ。

オレ等の村などそこに書かれてある訳はなかった。

「ここで今も戦争は続けられているのだ」

と、担任は言った。

「そうです」

と、三朗は大声で答えた。

もう英雄扱いから解放された三朗は、この戦争のことなら一番よく知っているのだという自信に満ちていたからだった。オレ等は三朗にその戦争のことなら一目も二目も置いていた。

三朗の戦車学校への夢は、まだ醒めていない。廊下に貼り出された少年兵の画報には、戦車と少年戦車兵の姿があった。しかし誰も陸軍に志願兵を募集する戦車学校がある、あるならどこにあるかを知っている者はいなかった。それを調べようともしなかった。

「皇軍は進撃している。それを思えば銃後のわれわれはぼんやりしていては、カシコクも天皇陛下に申し訳ない、なっ」

オレ等はカシコクもと聞くと、一斉に姿勢を正すのだった。

「戦争は何時《いっ》まで続くのですか」

と、三朗が質問した。

担任は即答した。

「むろん勝つまでだ」

このあと、担任を無視した勝手な生徒の発言となった。

「相手が降参と言わんと」

「今勝っていても降参と言わん」

「今に言うよ、白旗あげて」

「旗行列も提灯行列もしたって、相手はしぶといよ」

「犬の名のようにチャンコロなんて言ってるのに、強いの」

女の声もあがる。

教室は騒然となった。

「静かに！」

担任の声だ。

「この地図をよく見ろ。日本の国の何十倍もの広さだ。勝ち進んでも何年もかかる。進軍しても進軍しても支那大陸だ。分かるか」

オレ等には分からないのだった。

「お前達の前の担任の先生も軍隊に行ったんだろう。次の次くらいは、お前達が行く番だ。だからしっかり体を鍛え、勉強もしなけりゃならん。分かったか」

オレ等には分からなかった。

戦争というのは、長く続くものではないと考えていたからだ。歴史では、天下分け目の有名な関ヶ原の戦争は、半日で勝負は決まったと、この担任から教えられていたからだった。

狭い国の中の内内の戦争だったから、半日で勝負はついた。内内ではない。相手は世界一広い国だという。

「女性も赤十字の看護婦になって、支那へ行くようになるのでしょうか」

千恵子の突然の質問だった。

千恵子は副級長になっていた。級長は関人だった。この制度は三年生から始まっていた。担任が推薦し、校長が任命するのである。

担任はどうして選ぶのか。父兄の存在を重視する。児童の能力は二の次である。

天下の名刹の寺の息子の関人だ。一も二もなく級長だ。その上能力も抜群。副級長は、いくら能力抜群でも、女性は級長にはなれない。千恵子の能力だって餓鬼どもより上だ。それよりもなによりも油屋の娘であった。

「いい質問だ。むろん戦場へ行く。赤十字の従軍看護婦になって行く。負傷者の面倒を見るのだ。女性として最も名誉ある生き方だ」

千恵子が看護婦を希望していたのかどうかは分からない。副級長の立場からのあえての質問だったのだろう。

「先生、ナイチンゲールって有名な外国の看護婦ですね」

と、関人が言った。副級長を助けるつもりだったのだろう。

「そうだ。敵味方を区別せず、負傷者を平等に看護して、有名になった人だ」

と、担任は話した。

差別しないで手当てするとは、どういうことかよく分からない。

多分、戦場ではもう戦争できない兵隊たちは、ただの人間に過ぎないということだ。敵兵も敵兵でなくなる。半人前の人間でしかないのだ。味方の兵隊にしても同じことだ。自分自身のことさえ何も出来ず、相手の力を借りなければ生きて行けない、ボロ屑同然の人間だ。しかし人間だ。人間だから傷の手当てをしなければならないのだ。

千恵子はいい質問をした。関人もいい発言をした。担任も話した。しかし担任の話は、いつもの歴史上の人物を語るように分かり易い物言いではなかった。

戦争は勝つまで続く。そのことはよく分かる。何時まで続くのか。その日時、期間、年月をオレは知りたいのだ。

相手が大国。面積の問題か。地図上ではその通りである。

何の理由で、小さな島国の日本が、海の向うの大国に対し戦争を始めたのだろう。戦争する理由があったに違いない。理由のない戦争はない。戦争してもよい理由は何か。しかし三朗の親父は死んだ。死んだ分、三朗も母も人の二倍も三倍も苦労している。家の門戸に「名誉の家」という貼り紙を村役場の兵事係が貼った。こんな名誉の家が、最初はたったの一軒だった。名誉の価値が確かにあった。数が多くなれば、名誉の意味は亡失するのだ。それを三朗は体で多分知っている筈だった。

この戦争の勝敗、戦争の終結の問題は、担任には理解不能であった。困惑した質問だった。

多分、これは内閣総理大臣にも、明解の答弁はできないだろうと、担任は考えた。たしかに長い戦争になっていた。

児童に慰問文を書かせた。その典型を示したうえでの授業だ。

村役所の前の庭に、村内から集められた梅干が小山をなした。手紙も梅干も戦場へ送るものだった。

オレは慰問文に書いた。

「敵の玉に当たらないようにして下さい。生きて帰って来て下さい。家族はみなそう願っています。今、日本は秋です。農村の忙しい季節です。稲を刈り取り、その後に麦を播くのです。麦播きは夜遅くまで田畑で働くのです。そうしないと、すぐ霜が降りるからです。戦地も秋ですか。体に注意して下さい」

と、もう書くことはないのだ。これが慰問になるのかどうか、オレの知ったことではない。

担任は体操に優れていた。学生時代陸上競技の選手だった。

体操の時間、いや体育の時間といったかよく覚えていない。球技を許さない。

百メートルを走れ。四百メートル競走を指導する。校庭の隅から隅まで走らされた。

村の小学校の校庭で、百メートルのコースを作るのは容易ではない。まして四百。四百は無理だった。ただ四百未満でも四百メートルのリレーとして教えられた。

オレ等は球技を望んでいた。ボールの体操時間であって欲しかった。

しかし担任はくる日もくる日も、陸上競技の練習に明け暮れして、オレたち六年生をしごいた。

オレの走りは早かった。選手になって郡の大会に出場した。オレの四位は、百メートル競走の結果だった。この結果のために、オレは郡の代表選手として、県大会へ出場することになったのだ。

県営グランドというものを見て、田舎者のオレはびっくりした。

百メートル四位までの選手が、この県営グランドで、四百メートルリレーに出場するように決まっていた。相手はオレの学校より大きな学校の者たちだった。オレは他校の者と話をするのは、この時が初めてであった。

オレはあの時、四番目でなく、二番手に走った。懸命に走ったが、オレはもうこの会場の場所に敗けていた。競争に敗けるのは当然だった。

他郡は強かった。本郡は等外だった。等外でも失望はなかった。立派なグランドを見てそこで走ったという体験が、オレを満足させていた。

考えてもみたまえ。オレ等は教室をつぶして講堂をつくり、四大節をやり、学芸会をやり、卒業式をやってきた。講堂もなければ、体育館もない。

郡には講堂のある学校はたしかにあった。体育館は郡内にはなかった。

鼻たかだかな和洋折衷の明治学校だけが自慢の種だった。それがオレの母校なのだ。

担任は短棒投げという競技を指導した。オレは思い切って投げた。これも郡代表選手の資格で、同日四百メートルリレー出場後、出場したのである。この種目は、きっと戦場での接近戦に備えての発案であった。つまり手榴弾を想定したのだ。かたくて重い樫の木で作った三〇センチほどの棒である。

精一杯の力で投げた。思いもよらずオレは県下で三位になっていた。

担任は自分ごとのように喜んでくれた。このことでオレは、お山の大将に復権した気分になった。

担任の評価はだんだんに違ってきていると、オレは勝手に想像していた。つまり級内での存在を重くみるようになっていたらしい。

オレの学力というのは、この六年生の知識で、その後は止まったものだ。

歴史学も地理学も六年生で学んだものであった。体育のルールもそうだ。老人になるまでに、何を学んだか。何もない。無駄に馬齢をただ重ねてここまで来ただけの話である。

恩師という者は一人いる。オレはこの担任を恩師と決めていた。他言するものではない、心にそう決めているだけである。恩師の名をここにあげても意味はない。オレにとって恩師でも、他の餓鬼共に恩師であるとは限らないからだ。

「キライだ」

と、小声でオレに腹のうちを示したのは、予想もできない関人だった。一度、関人は級長を外されたことがあった。五年生の時だった。

級長に誰がなったか。担任になったばかりの担任は、神社、あの熊野神社の神主の倅をこともあろうに級長にしたのだった。

鼻たらしの悪童がよくも級長に。四大節に神主も案内されるようになっていた。聞けば村社か無格社かは知らないが、その神主は準公務員なみの資格となった由だ。僧は軽視され、神主が重視されるようになった。これも戦争が長く続いているせいであった。

鼻たらしの級長には、餓鬼共は素直でなかった。困ったのは担任だった。担任は副級長の千恵子をしばしば使った。級長は頼りがいがないからだ。級長には担任からの伝達、代理の仕事があったが、それが出来ない。能力不足のせいであった。千恵子は鮮やかにそれらをこなしていた。

関人はオレよりも鋭い直観力を持っていたと思うのだ。

担任は、寺より神社を重視していた。とにかく、伊勢の大神宮の話、明治神宮の話、出雲大社の話など、神話を交えて詳しく説明するのだった。ただそれだけのことでも、関人は担任は寺を軽視していると感じた。そのとばっちりが、自分に当たったと思ったのだ。

四大節に僧は招待されない。神主に限られていた。だが、これは日本政府の方針だった。担任が決めたり、村長が決めたりするものではなかった。村長は県庁の学事課長命令に従った。案内状の能筆は校長も担任も同列だった。

校長からの案内状を見て信厚は、芸術的のうまさだと感心したものだ。担任の通知状を見ても同様だった。校長も担任もと、よく二人揃ったものだ。これは二人とも県の席書大会の審査員であることを、学務委員の信厚は知っているからだった。その時、学校は空留守になるな、と余計な心配をする信厚だった。

関人はあれからますます脱異邦人になってしまった。つまり平凡なオレ等のような立場になり下がってきたからだ。考えも行動もオレ等に同化してきて、彼らしくなく粗野になったということだ。彼のなり下がったというのは、考え方や行動に前後の差異が生じたということだ。

以前のように、素直さがなくなった。強くなった。寺男の付添いはなくなっていた。彼は好んで女子と話している。これみよがしの談笑の名人のようだ。遠ざかっていた女子らは、関人を囲んでよく談笑していた。その声は遠くの職員室にも達していた。

オレはその関人が羨ましくてならなかった。オレには勇気が足りなかったのだ。なぜ、千恵子と話ができないのか。せめて同部落であったならと。彼女の部落は村の中心の御所名だった。御所。今時おそれ多い名前だった。中世の時代に、この城を定めたところからきた名称だと聞いた。学校はその城跡の敷地を利用していた。城の空堀は、裏山の神社へ行けば分かる。城主の住んだ所が御所だった。いや、城主の住んだ所から、村人が御所だと名付けたのであった。

こうした歴史は担任の得意の分野だった。

御所集落の油屋の千恵子と、オレはあのゴクモの上で遊んだことが一度あったのだ。オレ一人だけではない。むろん餓鬼共とだ。だから遊ぶことになったのだ。なんのことはない。鬼ごっこである。六年生の鬼ごっこだ。足が地につかず、思うように走れない。オレの足は速い筈なのに、ゴクモはふわふわとして足底を掴んで離さないのだ。

それでよかった。オレは鬼になりたかった。鬼になって、ゴクモの上を走りたかった。そして、あの千恵子にタッチして、鬼から解放されることを計画した。それには早く走ってはならない。千恵子以外の女子にタッチするように追いかけるが、本音はむろん千恵子だ。

こうした単純な遊戯も雪が降れば終わりになる。そうして、ストーブ用の薪の用意。それが待っていたのだ。それも済んで雪雲の下での勉強になる。

農の仕事もない。親たちは藁《わら》仕事。米俵を編む。縄をなう。藁ぞうりを作る。仕事はいくらでもあるが、児童にはないのだ。

一月二五日。天神講の祭りは少年たちの独占事業だった。天満天神宮には、菅原の道真という学者か政治家かどちらかもよく知らないが、みな当番の一軒の家に集まって食事をして遊ぶ。これを天神講といった。会費を持ち寄り、村の商店から男女別別必要な食事の材料を買う。会場も男女別別。男子は神社へ参拝する。墨をすって短冊に版木で印刷すると、そこに「天満天神宮」と刷り上がるのだ。これが大切なお札。各人これを持って家へ帰る。幼少の者たちは明るいうちに、高二年生が帰す。その次に、三、四年生以下を帰す。五、六年生は高等科生と共に夜遅くまで、その家で遊ぶ習慣になっていた。これが少年団の伝統だった。

神社で参拝の折に、御神酒《おみっき》といって酒を一口ずつ飲む儀式がある。この時ビンの底に余った分を高等科の連中が、得意になって飲む。酒はこのようにして、覚えていくのだった。天神講は道真公のように賢人になるのが目的だった筈だ。だから馬鹿な者ほど重要な儀式であった。ところが、夜、男女別別の家であったから、家主に注意しながら、つまり注意されないように、最後は声を落とし性の話になり、盛り上がり、性の話で終わったのだ。

関人はこの講のことは知らない。部落の人でないからだった。山奥の寺の住人には、こんな伝統はないのだ。

本を読んで時間をつぶすのだ。

ニュースを新聞で知る。文字がだんだんと読めるようになっていた。新聞は一日遅れで届くから、新聞とはいえないが、山寺ではどうにも仕方ない。

ラジオは高い場所なのでよく聞こえる。

総理大臣が靖国神社を参拝したというニュースを聞いた。

天皇陛下が伊勢神宮を参拝したという記事は、大きな活字、大きな見出しであった。

天皇や総理大臣が、京都の由緒ある有名な国宝級の寺を参拝したニュースは一度もない。

関人は六年生。こうした比較ができるような少年になっていた。学校では平気で女子たちと話をする。副級長の千恵子とは、仲のよい友だち風に映った。

六年生になった三朗は、性格が変わった。下級生には親切だが、上級生には一歩も譲らないことが多くあった。体は大きくなる。腕力も強くなった。

お山の大将の株は、オレでなく三朗にあった。

高二年生とも喧嘩して負けなかった。弱い高二年生は三朗に同調していた。

三朗は父の分まで強くなったのだ。生意気な高二年生のいる和洋折衷の明治校舎まで、三朗は喧嘩のために出向くこともあった。

「オレの部落の小三の奴をなぐった。そいつを掴んで、一発かます」

三朗の口調には許さんぞという決意があった。相手の高二年生の男が誰かをオレは知らない。しかし、相手はなんといっても高二年生だ。あすには社会人になる生徒だ。オレは心配になった。

オレは三朗の後を追った。校舎の裏に相手を呼び出し、三朗は相手に話していた。

「なぜなぐった。なぜだ。弱い者いじめをオレは見過ごすことは出来んぞ！」

六年生の言うこれがセリフか。高二年生はニタニタして聞き流す風だった。この態度が三朗の頭にきた。

言うが早いか、相手の返答も聞かずに、三朗のパンチが高二年生の頬に当たっていた。

相手がなかなか返答しなかったからだ。三朗より体の大きい相手は反撃した。しかし三朗は体当りであった。その勢いに相手は恐れたのか、分かったと言って、三朗の攻撃を力一杯制しているのだった。

「もう、いじめんよ、いいだろう」

三朗は、さっと背を向けて来た。そしてオレを見て、ニコッと笑って舌を出した。

六年生ともなれば、高二年生にも敗けない奴もいるのだという風潮が大切だった。大正校舎にもヒドイのがいるぞ、といった話題が重要だった。弱い者をいじめるのは許せない。これが三朗の心情だった。彼の正義というのはこれであった。

こうした正義は、関人にも通じていた。強弱を区別してはならない。強もない。弱もない。公平が大切だ、と関人は考えているのである。

今、公平が失われていると彼は考えていた。

強い者が戦場に行く。弱い者は銃後で働く。これは公平だ。しかし、今は弱い者も戦場に行く。これは公平でない、と少年ながら正当を知っている。それが山寺で得た僧の息子の考えであった。

強い者ばかりが威張っている。こんな世の中は少し違う。変だ。お山の大将のオレに反抗した関人の考えは正しかった。今までのオレはお山の大将だった。ここにきて三朗にその座を奪われた。それでよいのだ。三朗の大将ぶりは、弱者をかばうことだ。オレはどうであったか。オレは反省している。

関人は、世の中の者がなんでも神さま、神さまというのが気に入らないのだ。仏さま仏さまなどという奴はいない。情けない。不公平だ。僕は許せない。

戦勝祈念として神社へ、占領し、勝ったと……みな神さまのお蔭。

これが関人の胸には素直に落ちない。落ちないから、むかむかし出す。

晶三郎に似て関人も呟く。

「バチ当たりめ！」

何がどうバチ当たりか考えもせず、ただむかむかするから、そう呟くのだった。

晶三郎はどうしてバチ当たりのことを、昔から問題にしているのかと思う。そして昔の論争を思い出す。なつかしい論争だった。幼い一年生の論争だった。やっぱり晶三郎にもいいところがあるなあ、と山寺で関人は独り言をいうのであった。

考えてみれば、あのバチ当たり論は、角度を変えて見ると、多分公平論と同じものかも知れない、と思ってしまう関人だった。

悪いことをすれば、バチが当たる。

良いことをすれば、ホメられる。

「バチ」とは、そうしたものらしい。だったら、見るものではない、と言って反対していたのは間違っていないのか。誤りだったのか。どちらなんだ、と又もやむかむかし出すのだった。

その夜は眠れない。一晩中寝返っていた。父の読経と鉦《かね》の音を耳にしてから、明るくなって起き出す。外は寒い。冬休みだ。しかし中学校へ進む者は、補修授業が昼からある。それに間に合えばよい。関人は県立韮崎中学校を希望していた。千恵子は甲府英和女学校を希望している。他にも二、三の男子女子もいた。合わせて数人のために、補修授業が行われていることは、六年生全員に、分かりきったことだ。

これは中等教育重視で、公平ではない。やるなら全員を対象にすべきであると、晶三郎のオレは強く思ったものだ。一部の者たちばかりを教えるのは、正義ではない。ないなら、これはバチ当たりではないのか。公平の問題はまだある。公平というより平等の理屈からすれば不平等だ。なにが。薪のことだ。苦労して運んできたあの薪のことだ。あの薪をストーブで利用するのは、数人だけの特権か。特権とは中等教育を受ける資格のある者のなにが特権に価するかだ。やっぱり学費の出せる財力か。

関人にはこのストーブ薪利用の理屈までは理解できない筈だ。坊ちゃんには分からない。平地の農民の倅と違って、東京山の手あたりの子供の服装して育った奴には分からない。

オレはそう思った。きっと三朗もそう思っているだろう。

不公平というより、不平等だ。オレはそう思った。思ったままを三朗に告げた。三朗もそうだと同意した。

「あれは校長の方針らしい」

と、オレは言った。

「オレもそう思う」

と、三朗も言った。

村出身の校長は、村から一人でも多くの中学生と女学生を出したいに決まっていると思うのは、子供心にも自然であった。それが校長の名誉になるからだ。校長は、よく教育立村だと彼の希望を開陳していた。悪いことではないが、その手段が気に食わないのだ。どうして六年生全員を対象にしないのか、とオレ達は理解に苦しむのだった。

男子だけではなかった。女子もみなそう思っていた。休みが終わると教室内が前のような雰囲気と違っていた。ざわついていた。友人関係が希薄になっていた。誰もなんとなくそう感じた。

「なんか面白くないなあ」

と、三朗が話しかけてきた。

「どうしてかなあ」

と、オレは返答した。原因は分かっていたが、そこまでは言いそびれたのだ。

「ストーブの薪のことだ」

と、三朗ははっきり言った。

校舎の外壁に沿って積み上げられていた薪は、もう半分になっていた。

「奴等だけ使っていい理屈はないぞ」

教室のストーブのまわりの仲間たちが騒ぐように言い出した。

「そうだ、そうだ。薪の山が崩れてしまった」

「誰が燃やしたのか」

「休み中に薪が減ったのは誰かが使ったからさ」

「誰が」

「分かっているじゃないか」

「関人たちさ」

そこに関人がいた。関人は何と言うのかオレは彼の発言に注目した。

「補修授業は僕達のせいではない。校長先生が決めたことだ。僕達はそれに従っただけだよ」

みなは一瞬、静まり返った。

「薪を使っていいと言ったのか。校長先生が」

「そんなことは僕は知らない。学校へ着くとストーブはいつも燃えていた。薪を投げ込んだのは僕達だったけど」

「それだよ」

と一人が言った。

「同罪だよ」

「そうだよ」

「薪が減ったのはたしかだ」

「オレたちの分は半分になった」

「少しずるいわよ」

女子の声も交じってきた。

「そうよ、変よ」

これも女子の声だった。

「代表が校長先生にこのことを言ったらどうか」

三朗の提案だった。しかし代表になろうとする者は、一人もいなかった。その時オレは堅い氷のようになっていた。

味気ない三学期の始まりだった。結局、校長の耳にこの一件は入らなかった。担任は後で知ったらしいのだ。

仲間がばらばらになっているように見えた。それを担任は心配した。無事、受験者を合格させたい。後の者達も高等科へ進めたい。

関人は山へ帰ってから僕たちは、バチに当たったと直感した。その瞬間を思い起こしていた。

ストーブを炊いたので、バチに当たると思った。級友から非難攻撃されたことが、まさにバチに当たったたということだった。

こう考え出すと前にも体験したように、再び胸がむかむかし出すのだった。そうなると本を読んでも頭に入らない。入学試験問題集を開く気にもなれない。

肥後守でむやみやたらに木片を削って、平静をとりもどそうと努力するのだ。寺の周囲を散歩に出る。山門から経堂から本堂から、そして一番高い所の観音堂へと……。

春になっていた。桜はまだだ。梅はとうに咲いて花びらは色あせている。

石段の上の高い場所にある立派な観音堂は信厚の祖父が、副棟梁《とうりょう》として建てたものである。棟梁は信州上諏訪の人。副棟梁に任せたという話をオレも聞いている。

寺は昔、織田信長の手下によって焼かれた苦い歴史があった。

関人の亡くなった兄の僧は、現代に必要だと、大きな研修道場を建てた。そこで法話を始めた。

しかし、村里から遠いので集まって来る人は多くないのだ。多く集まるのは四月八日の花祭りの時だけだ。寺の内外は、檀徒によってきれいに掃除されている。こんな山奥にも、祭りのために町から野師風の商人が何人も来て、店を開くのだった。

オレはこの寺の石仏のことは詳しくは知らないが、有名らしい。『甲州海岸寺』という本は、石仏の写真集であった。その中に石仏についての文章がある。長い文章の前の部分や後のところは省略して、書きたいところだけ写しておくことにする。

〈文政五年の早春には、西国三十三ヶ所観世音の開眼供養に、はるばる上諏訪の温泉寺から願王和尚が、お供の者三十余人を従えて甲州街道を上っている。百数十人が集まった海岸寺の盛大な祝宴の有様が目に浮かぶようである。二年後には、百体の札所観音が一堂に介し、七日間に及ぶ供養が続けられているのであるが、寺をあげてのお祝いに、人人も労苦を忘れ、にぎやかに飲食したことだろう。

造立された当時は、本堂裏の小高い山腹に祠《ほこら》を建てて安置されていたというが、昭和四十二年頃、裏山にあっては、管理の目も行き届かず、盗難の心配もあるというので、本堂をめぐる境内に一先ず移動、野ざらしの石仏として風格をつけてきたが、今回、昭和六十二年十月には、海岸寺修復工事にともなって、再再の境内の場所を変えての移動となり、守屋貞治《さだじ》の遺した石の仏たちは、より参拝する人人が身近に感じることが出来るものとなったわけである。

海岸寺の石仏の魅力は、名工、守屋貞治が生み出したすぐれた石仏であることの他に、それらが野ざらしであり、歳月によって磨かれた美が備わっているという点にある。

初めて海岸寺を訪れて貞治仏を目にしたときの、色鮮やかな感動。石仏の石肌を覆い尽くすかのように育った苔は、不思議なほど緑色を湛え、生き生きと繁茂して、宝髪や肩の上を飾り、まるでビロードの衣のようであった。

石仏は野にありてこそ安らいでいる、愛らしい表情の石仏がすべて祠の中に隠されてしまったとしたら、なんと情けなく味気ないことだろう。あの兼好法師でなくても、興ざめてしまうに違いない。石仏は、野にあって、貧しい庶民の信仰仏として、里の人人と春夏秋冬、喜怒哀楽を共にしてきた。

風化に強い石であるからこそ、素朴な、郷愁を感じさせる野仏にもなり得たのである。その石のこころを人間が勝手におし曲げては、石の持つ本来の意志も、また究極の美しさも伝わってはくるまい〉

この文章は石仏の写真に寄せた、女性の文章であった。写真家にしても文章家にしても、オレは何ひとつ知ってはいないが、こうした石仏のある寺に、関人は生活しているのだ。勉強は格式の高い広い書院の日当たりのよい場所を選んでしているのだろう。

オレたちのような餓鬼は、そんな場所に入ることも許されないのだ。

有名な庭師でもある夢想国師の造った山水の景色もそこから見ることは、このオレ等には不可能だった。関人だけのこれが寺人としての、特権かもしれない。

寺の子として生まれてよかったかどうか、関人は深く考えたことはない。そんなことは考えるものではないと思っていた。バチは見るものではない、と固く思っていたことと同一であったのだ。考えても意味のないことだと天からそう信じていたのであった。

ストーブの薪の一件、あれはバチが当たったということか。それならそれでよい。バチはあの程度のものか。恐れるほどのものではない。関人がそう考え出すと、胸のむかむかは消え去って行くようだった。

境内の散歩はよいものだった。とにかくこの意気込みがあれば、受験突破は間違いない。関人は自信を持った。

「晶ちゃんの一派に負けてたまるか」

そう呟くのだった。

彼は教室で副級長の千恵子と問題集を開いて、正答論ともいうべき会話をしていた。しかしオレ等は、つまらぬ話をしていたものだ。

性の話だ。よくも知らないので、性の話に興味が湧くのである。知ったかぶりの仲間がこの時に限って、オレ等の英雄だった。しかしこの話の結論は、当然のように男と女の合体というリアルな空想的現実に決まっていた。

問題はそのリアルな表現の巧みな者が必ず王座となっていた。オレは王座になれなかった。これは家風のようなもののブレーキのせいであった。

とにかく、天皇さま一家である。天皇が人間であるなどとは、重大な禁句であった。天皇について話すことは、天皇が神さま以外であってはならないのだった。人間であろうがなかろうが、現人神、生きた神さまは、天皇さんの他にいない。外国にもだ、というくらいの勢いなのだ。

信厚は村の翼賛壮年団長になっていた。村民からの人望が高いのだった。聖代も愛国婦人会の会長になれという注文に、まんざらでもない態度だった。

祖母の天子はこうした人事に賛成できない口ぶりだった。

「会合、会合で家の仕事ができない。二人して出て行った日には、もう手のつけようがない」

オレを相手に、やや腰の曲がった天子はこぼすのだ。愚痴のことだ。オレもそうだと思うが、今は戦争の時だから仕方ないと応えたいが、祖母の気持ちにも添いたい。

「まったくだよ。婆のいう通りだ」

すると天子は嬉しそうな表情で言うのだ。

「晶坊も大人なったもんだよなあ」

「オレはまだ小六だよ。大人じゃないよ」

「そうでもない。大人顔負けの仕事ぶりを見ていると、まったく大人に負けていないからな」

田や畑の仕事ならオレは夢中でやるから、見ていた天子はそう思っても無理もないのだ。

小学校では修業式であった。正しくは高二が卒業式になるのだった。

関人や千恵子とは、別れてしまうのだ。関人との思い出は多くある。千恵子との思い出はない。一方的に思うだけの思い出などこれは思い出とはいえない、とオレは決めている。情けないがそうだ。

オレは高等科一年生になるしかない。むろん家庭の事情である。村の小さな殖産会社の書記の収入や農業の収入だけでは、中等教育は無理だというのか。兄弟が多いからか。

オレは意地になった。高一になれだ。そこには農業実習ばかりで、勉強らしい勉強は出来ないことをオレは知っている。

それを承知でオレは、三朗等と高一に進むのだ。意地は誰に向かっていたのか。信厚か。戦争にか。

第三章

冬は、校庭に敷いたゴクモの上の運動が楽しかった。鬼ごっこだ。なるべく時間をかけて相手を追った。相手が千恵子だったからだ。それでもオレの足は早い。小六の時郡下四位、県営グランドで走ったほどのキャリアだ。

あの鬼ごっこは、小三か小四の頃のことであったか、いや小六の——もうどちらであってもよい。息ずかいがひどくなった千恵子は、足がもつれて倒れた。伏せたその彼女の上に、オレはつまずいて重なるように倒れた。

あえて思い出を探すとすればこれくらいの出来事かもしれない。

冬休みにその千恵子は、甲府市の人となって村から消えた。スカートは禁止で、モンペ姿であった。

オレと親しかった関人《せきじん》も村から消えた。彼は昔宿場で栄えた韮崎町へ行ってしまったのだ。

オレ等は冬休みがあけ新学期になって、ハイカラな明治校舎へ移った。女子とは別別の教室となった。男女共学制は小六までであったからだ。

外から見ると和洋折衷のハイカラな建物だったが、中は古臭い感じでしかなかった。問題は階段だった。思っていたより急角度だった。オレ等は、日に何度登ったり降りたりしたものか。しかしそのことで疲れる者はいない。逆に面白がって、それを遊びの対象にした。大正プラス昭和校舎は平屋建てだったので、二階に教室があっただけで珍しかったせいもあった。

後年、有名な諸国の城を訪れた際いずれの城の天主閣の階段も急で、いつも手摺を頼っていたことがあった。しかし学校には、手摺はなかった。なかったがオレ等は平気だった。

高一になって男女別別。二階の教室。オレは関人がここにいなくても淋しくなかった。関人のことも千恵子のこともすぐに忘れていた。そして高一の生活に望みをかけていた。

校舎は変わったが、校長も教頭も同じ人だった。

担任が変わった。隣り村から峠を越えて来る五十歳近い人物だった。農学校出身者だった。校長でもないのに立派な髭を生やしていた。

オレ等は、陰で担任をヒゲヒゲと言った。ヒゲは最初の挨拶を交わした翌日から、もうオレ等を畑へ連れ出し、農作業を命じた。

学校の農事試験場を、あの畑この畑と説明した。さらに豚舎の前で、豚の飼育方法の説明をして当番を発表した。豚は一頭だった。兎の飼育は女子の範囲だった。兎は数匹いた。豚は畑の肥料に必要だとヒゲは話した。兎は兵隊さんの防寒用の帽子の材料だと言った。本を開くような教室の授業は、ぐんと少なくなってしまった。

食糧増産のためには、高等科の者は働くことだ、と校長は訓辞するようになった。

誉の家の農作業の手伝いに、オレ等はかり出されることが多かった。

オレは、三朗《みつお》と前以上に親しくなった。

誉の家第一号は三朗の家だった。オレ等は三朗の家の畑の仕事を手伝うこともあった。彼は父の分まで働くのだと言った。決して絶望的ではなかった。

「オレは天皇陛下のために働く。だって親父は金鵄《きんし》勲章を天皇陛下から貰ったんだからな。あんな勲章貰ったものは、村には誰もいないんだ。すごいだろう。オレの親父は偉いのだ。だからオレは親父に負けないように頑張っている」

オレは三朗の話の半分は信じても、半分は疑っていた。勲章は勲章でも、金鵄勲章ではないこと。それに天皇陛下と口軽く言うのもどうかと思う。

高一になって三日目であった。高二の男子が裏山の神社の境内に、集合の命令をかけてきた。オレ等高一は、なんだなんだと口口に言いながら、神社に向かった。神社は校舎のすぐ北方の裏にあった。小六まで遊んだ同じ場所である。

「オソイゾー」

「早く集まれ」

高二の声だった。

三朗はなんのための集合か分かっていた。以前、高二の奴を殴ったことがあった。下級生をいじめた奴を殴ったのだった。

「早く整列しろよ」

他部落の奴だ。彼らの命令調の口ききが許せない、とオレは直感した。オレの正義心が黙っていられるか。この時は、オレは、短気になるのだった。
二五、六人が並んだ。並ぶのは常に二列横隊だ。体操の時間に並ぶ隊形だった。
高二は一四、五人である。オレ等の級だけが、目立って数が多かった。そのためかどうか、オレ等の級をガラクタ学級だと冷評していることも知っていた。身内の者さえ冷評するから知らぬ訳はない。どこがどうガラクタなのかは、当人たちには分からない。小六から中等学校へ四人進んだのは、新記録だと胸を張ったのは、在村の校長だった。

それでもガラクタ学級か、とオレは反論するのだった。あのストーブの薪の一件があっても、腕力行動にはならなかった。

関人の発言のせいであった。女子もそこにいたせいであった。オレは関人は偉い奴だと、後からそう思ったものだ。今、あの一件についてみても、決してオレ等がガラクタ学級の高一ではないのだ。

「なんの用事で集合かけた」

と、もう三朗が不満そうに質問した。そして言った。

「まだ飯も終わっていない」

高二は集合をかけたものの、返答に詰まった様子だ。

すると一人が言った。

「集合は伝統だ」

もう一人も言った。

「教育だ」

すると三朗が声を殺して言った。

「教育、なにを教育してくれる」

オレも黙ってはいられなくなった。助太刀しなけりゃオレの立場がなくなると思った。

「そうだ。教えてくれよ」

オレもおとなしく言った。

するとすかさず図体の大きい高二が言うより早く、すぐ前の高一の奴の頬を殴った。

「これが教育だ！」

あっという間に高一と高二の殴り合いが始まった。多勢に無勢。勝負は初めから決まっていた。

学校の一つの悪い伝統はこの一件で消滅した。これでもガラクタ学級か。以後高二は静かになった。

関人はバチは見るものではないと言った。父の僧は見えるものではないと教えたという。オレと高僧の意見は一致している、とオレは満足してきた。

三朗は天皇陛下と軽く口にした。その天皇が生き神様だと、父信厚《のぶあつ》は教えた。生きた神様、現人神なら眼鏡をかけた写真の男である。この男の誕生日、三つの教室を通して講堂にした四大節のうちの天長節に、高い所にあったあの小さな宮の奥にいたのをたしかにオレは見た。見えぬ筈の神が見えるとなると、オレの理屈は成り立たないのだ。現人神の他の神や仏は見えないのに、このことは納得いかないできた。

「みっちゃん、天皇は神さんか」

と、オレは聞いた。

「もちろん神さんだ。神さんだから神さんのために戦争にも行くんだ」

「みっちゃんの父さんもそれで出征したのか」

と糺した。

「むろんさ」

当然のように言った。

三朗のいうのはオレの親父信厚と同じだと思った。

翼賛壮年団長の信厚もなんの会合の場合でも「カシコクモ」と言って、間を置いてから話し出す。これは村長も校長も同じであった。

天皇は神である。眼に見える神である。この神こそ唯一である。絶対である。日本中の人人はみなそう思っている。信じている。

オレの思いは木の葉のように揺らぎ始めていた。オレは間違っているのかも知れない。三朗の考えが正しいらしい。

忠義という言葉が、オレの周囲に氾濫していた。天皇のために義務を果せ。その義務の内容は教育勅語の中に書いてあった。

学校で農業実習という労働も忠義の一例である。豚を飼うのも兎を飼うのも忠義の一例である。そうした究極の姿は、天皇に一命を捧げることであった。

戦場で天皇のために死ぬのが、最高の忠義ということらしい。そこで天皇から勲章が授与されるのだ。神となって靖国神社に祀られるのである。

父や母の言動をそれとなく眺めていると、晶三郎は支那との戦争は、他人ごとではないと思うようになった。三朗の態度からも、他人ごとではないと思うようになった。

米や麦を作ったり豚を飼ったりするよりも直接戦場へ出て働くことが、一番の忠義の姿だと想像するようになった。畑や田の仕事に出るのは、もどかしいのであった。遠くの道を回り廻って歩く。てくてく歩く。走らない。

高一の日常がそのように感じられた。

手っ取り早く戦場へ行く道はないものか。

学校では、高一も高二もない。みな一緒だった。もう争うこともない。肥後守を出して争う者など一人もいない。慰問文を書くこともなかった。体操と剣道だ。作業だ。

ズック靴や学生服が統制下で、何人分か配給される。籤《くじ》引きで当たった者だけが、その権利者となった。恩恵だという。

苦労した米は、きびしい計算の上で、供出を命じられた。兎の皮は徴発された。海岸寺の鐘は徴発をまぬかれた。だが里の寺寺の鐘は出ていった。父は家の中の金属類を持ち出した。

「そこまでしなくてもよいのに」

と、天子は愚痴を言った。

オレはどうしてよいのか、ただ傍観していた。

高二の時の夏休みの一か月間、オレは甲府盆地にある熊谷陸軍航空隊の飛行場で、グライダーの訓練を受けた。オレは航空少年隊の隊員に推薦されていたからだ。誰が。校長だ。どうしてか。オレは思った。信厚の存在だ。翼賛壮年団は、村では強力の団体になっていた。団長は村長の次席の権威に映ったものだ。オレはかげながら父を自慢していた。

県下の小学校高二生から選ばれた一人が、グライダー訓練に参加した。

この一か月間の集団生活は、軍隊生活に似ていた。いやな教官だった。黒の皮の半長靴を愛用していた教官は、パイロットらしく見せかけた。

宿舎から飛行場まで駆け足。片道三キロはある。格納庫の中のグライダーの名称から教えられるのだ。文部省C型とかという奴だ。つまり初心者のグライダーであった。これをゴム索で、V字形に張り、二組に別れて引くのだ。充分引く。ゴム索は伸びる。伸びる。

グライダーの尻にある止め紐を放つ。するとグライダーは二、三メートルの高さでも百メートルほどの距離に着陸する。これは第一歩だ。ここまで進むのに、教官からどれほど叱られたものか数知れない。教官は生徒の怪我を恐れていた。いやグライダーの破損を恐れていたのだ。同機はたったの二機。破損はしばしば生ずる。なぜ。搭乗者はついつい操縦桿を右手で手前に引きすぎ失速させるからだ。失速した機は、尻から飛行場の夏草の上に落下する。その衝撃で機は簡単に破損する。

「手前に引きすぎるな!」

恐怖心がそうさせる。教官の言う通りには上達しない。卒業時には、高度五メートル。上から下を眺める余裕を持つほどになりたい。

二機あっても共に使用しているので、破損されたらすぐ修理するには二日間はかかる。その間は教官の体験話を夏草の上で聞くのだ。教官の自慢話だった。折れた部分の木質が接着剤で固くなれば、また訓練開始だ。

雨の日は少なかった。あっても夕立。すぐ晴れる。訓練のきびしさよりも、オレ等は空腹に苦労した。運動量が多いので合宿で出る飯がとくに少ない訳ではないのに、空腹になる。夏草の上に寝ころび、オレ等は自分の学校自慢をしていた。そして互いにこれからの進路について語った。

「むろん飛行兵になりたい」

と、知り合ったばかりの仲間達と話したものだ。喧嘩好きの奴もいた。夜宿舎の外へ出て口喧嘩では済まなく、殴り合ったりする奴もいた。そこは大きな民家であった。広い二階が合宿場所となっていた。夜も昼も家主の注意のもとに、生活すべきであった。それを無視して喧嘩をする奴等は、市や町から来た高二生だった。田舎も田舎の山奥の村から参加した晶三郎は、ここでの生活は模範生だった。

訓練では一度大失敗をした。操縦桿をやはり急に引き過ぎ、機首が空を向いた。失速。尻から墜落だ。そして恐ろしい罰直《ばっちょく》のある破損。

罰直。飛行場半周だ。暑い夏だ。水もほしい。汗を流しての駆け足。駆け足が恐ろしいのではない。ほんとうは恥である。初歩的な失敗が、恥ずかしいのである。オレは飛行兵になる資格はないと諦めかけた。駆け足をしながら諦めかけた。それにもまして恥ずかしい。学校へ帰るとオレの胸にある飛行機の印刷された、航空少年章の小さな布きれが、注目された。小さくても名札よりは大きく、名札の上に章はぬいつけてある。

オレはグライダーに乗った体験を仲間に話した。失敗した件は黙っていた。つまり自慢話だった。

仲間のみなから羨望されると、オレはまんざらではないと、鼻が高くなる思いになった。そして飛行兵になれるのかも知れんぞ、と自信のような心の動きがあった。動きは日に日に強くなっていった。

オレはある日の新聞の広告で、『土浦海軍航空隊めぐり』という本のあるのを発見した。一円八〇銭だった。

注文して入手したのも当然だった。海を知らないオレは海軍というだけで胸が躍ったものだ。

本の序文を大本営海軍報道部長であったか課長であったか海軍大佐《だいさ》平出英夫が書いていた。平出は少年達よ、海軍の飛行兵に進んで志願しなさいと書いていたと思う。

本の内容は晶三郎と同じような少年が、ハワイ空襲で手柄をたてた大尉《だいい》であったか、彼の案内で土浦海軍航空隊員（予科練生）の生活ぶりを見学するレポートだった。

これを読むとなんとしても土浦へ行きたくなるのだ。なるような気持ちにさせられる。平出大佐のいう通りである。

彼は報道部長でなく課長として『大東亜戦争歌集』にも書いている。推薦文は大人向けだから格調が違っている。

〈前線将兵の士気を鼓舞するものは、何よりも揺ぎなき必勝の信念を堅持する国民が、それぞれの職域に於いて皇国に忠誠を盡《つく》す姿を知ることであり、一億国民の完勝決意を促すものは、何よりも皇軍将兵の戦いつつある真の姿に接することである。

皇軍将兵が大東亜戦争を如何に戦いつつあるか、一億国民が如何に忠誠を捧げつつあるか、これを我が日本の伝統の芸術たる短歌によって示したのが、この歌集である。ここには最後の勝利を目指して戦う日本の真実の姿が描かれている。未曽有の大戦争を戦いつつ、和歌という奥床しい日本民族の伝統的嗜《たしな》みを通じて、愛国の至情を高らかに歌う兵隊と国民、この精神的な豊富さこそ、絶対の勝利者たる国のみが有する強さである。

国民の必読の書として、推奨する〉

晶三郎は考えた。皇国とか皇軍とか、大佐が書いているのだ。皇国とは天皇の国という意味だ。皇軍とは天皇の軍隊のことだ。

有名歌人の故か佐々木信綱序、柳田新太郎編は、斎藤茂吉のものをなぜか七ページ分も載せている。

その中の一首にオレは注目した。

前に、この戦争は何年続くのかと話し合ったことが思い出されたからだ。

勝負の決着論争だった。オレは早く終わった方がよいと主張した。その時は戦争に行くこともないからと考えていた。結局、戦争はまだ今に続いている。いるから今のオレは参戦して働きたいと思うようになっていた。

戦争が終結すれば、軍隊へ行くこともない。飛行兵になっても仕方ない話だ。だが今はまた違う。戦争は続行してほしい。そしてオレはかならず、海軍飛行予科練習生になるのだ。この強い思いは『土浦海軍航空隊めぐり』読了後、動かぬものになった。満州事変以来戦争は十二年も続いている。終わらないうちに、海軍航空隊へ行くべきであった。

斎藤茂吉の歌をつぎつぎと読んでいくと、オレは安心した。さすが茂吉。担任の先生がしばしば口にしたこの歌人のことはある。

大君の大みいくさのあらむ極み
　十年百年あに否めやも

オレはスケールが違うなあと感心した。

戦争を「御いくさ」との表現は天皇の発した天皇の戦争ということだ。大君とはむろん天皇のことだ。

茂吉はだから十年百年と歌った。もともとせになるのだ。でも百年とは、作歌上の都合でそう歌ったものである。百年も戦争してたまるか、とオレは思った。茂吉はすごい。「あに否めやも」と、百年を否定しない。そればかりではないぞ、の意気ごみの歌だ。

オレは有名人はやっぱり考えが違うと思った。信厚も聖代《まさよ》もこれ以上戦争が続けば、村はどうなるだろうと食事のさい話し合っている。翼賛壮年団長や愛国婦人会長の任に当たっている者には、村の変化がよく分かるらしかった。

百姓がどうして自分で作った米の飯を三度三度食べられないのか。国は昔の悪い代官や地主のようだ。供出だといって、召し上げてしまうのだ。農事実行組合長兼務の信厚は、一戸毎の作付け面積に応じ、供出量を算出するのだった。そのためには我が家が模範を示す必要があった。

大根飯。量を多くするため大根と米が一緒になって炊き上げられる。

麦ばかり多い麦飯の食事になる。米選《べいせん》機米《きまい》も大切になる。これは青くて軽くて苦い味がする。決して美味しいものではない。平時なら鶏の飼料になるものだった。これを食べるのだ。

「信さん、なんとか供出米をまけてくれんかい、たのみますよ」

部落の人人は信厚に頭を下げる。何反何畝何歩まで水田面積の計算が、信厚に出来る。よって何俵が供出米。朝飯前の手腕だ。

殖産会社の書記だ。村では一人二人しか進んでいない師範学校出である。

そうした生活が向こう何年続くのか。戦争は勝つためにしている。勝たねば意味がない。敗けると奴隷となる。天皇はどうなる。

勝つに決まっている。

オレはそう信じるようになっていた。

海軍大佐さえ絶対勝利者たる国民だと書いている。

晶三郎は『海軍随筆』という本も読んだ。岩田豊雄が書いたものだ。その中の今自分にとって一番知りたいページに、赤い印を付けるのだった。

岩田は土浦の航空隊を訪問した。その時のことが書いてある。岩田はＳ中尉に少年航空兵の組織的なことを知りたかった。

中尉が説明する。

〈「まず、少年航空兵という名ですが、これは俗名です。正しくは、少年飛行兵です。もっと正しくいえば、飛行予科練習生です」

「それで、昔はこの隊のことを、飛行予科練習部といったのですね」

「ええ、隊の名は変わったが、練習生の名は変わりません。そして彼等にとっても、少年航空兵なんていわれるよりも、飛行予科練習生――略称『予科練』の方が嬉しいのであった。

ヨカレンという語の響きに、彼等の誇りがあるのです」

そういわれてみると私も、少年航空兵という字を、使う気にならなくなった。

以下、『予科練』とする――

「予科練に甲種と乙種とありまして……」

それは、私も知っていた。乙種は国民学校高等科卒業程度の学力を受験資格とする。これは、昭和五年に横須賀で第一期生が募集されて以来の資格である。しかし、昭和十二年以来、中学三年修業程度の練習兵を採用することになったので、これを甲種と呼び、前者を乙種と呼ぶようになった。

「この隊では、基礎教育の時間が非常に多いから、既に中学で教育されてる甲種は、それだけ期間が短くていいわけです」

と、S中尉は、普通学や軍事学の内容を語ったが、普通学の数学だけでも、代数幾何から三角までやる。しかし、甲種も乙種も、後には同じ水準に達するので、娑婆《しゃば》でいう『甲乙』の差別があるわけではなかった。

「強いて、相違点を挙げれば、甲種の方が、よけい飛行機を毀《こわ》しますな。研究的に、機械を弄《いじ》り廻すからでしょう。もちろん乙種にも、そういう性質の者もいますが……」

そして、彼等の進級は、すこぶる速いのである。

「で、ここを出れば、一人前の荒鷲になれるのですね」

「いやいや、なかなか……『予科練』を卒業して『飛練』になって――つまり、飛行練習生になって専門の練習航空隊に入って、教育を受けた後の話です」〉

晶三郎は海軍入門書のように思った。

この岩田豊雄という人はこの本より少し前の昭和一八年二月に『海軍』という本を書いていた。横山正治という二階級特進した大尉をモデルにした小説だった。特殊潜航艇に乗ってハワイ真珠湾に入り、アリゾナ型の戦艦を轟沈させたという。そこで壮烈な戦死。

軍神の一号になった話である。

とにかくオレは陸軍ではない。海軍だ。海軍の飛行予科練習生を目指すのだ、と決意するのだった。

国民学校へと小学校の名称が政府の命令で改名されると、村の兵事係を通して、諸種の軍関係や軍需工場など志願案内状が多く学校に届いていた。なんとなく鉄砲玉は飛んではこないが、日本国内を銃後とはよく言ったものだ。なにやら村中も戦場気分になっていった。

新聞は、大本営発表の記事が中心になっていた。

オレは海軍志願票の願書を担任から貰った。「海軍飛行予科練習生の項目に○印をつけ、署名捺印し、それを担任に出した。父信厚にも聖代にも黙って認印を押し、提出したのである。

志願したからとて、合格するものではない。提出したからとて校長も教頭も何も言わない。

「あの晶三郎が受かるようだったら海軍も知れている」

志願は大いに賛成だが、合格しなければ何の意味もない。

クラスの仲間も志願を知って驚きはしない。もうそれぞれの道のみが各自の心配事だった。

仲間の一人は満蒙開拓青少年義勇軍に志願した。満州にはオレの叔父がいた。関東軍といって、陸軍では一番強い軍隊だと聞いていた。そこの憲兵になっていた。韮崎中学校出身で成績は抜群だと天子《てご》は、いつも自慢している息子だった。将校になった時、父の信厚は軍刀一ふりを弟に買ってやった。主計士官の少尉の筈だ。

あの友が満州へ行くのかとオレは、仲間の顔をじっと見詰めたものだ。寒い所だ。よくぞ腹を決めたものだ。さすがガラクタ級の男だ、とオレはそう思った。すでに彼は合格していたのだった。オレはこれからだった。

試験場は韮崎小学校だった。この学校には広い講堂がある。そこでオレ等はペイパー試験と口頭試験を受けた。もちろん体格検査も受けた。

正月あけに一次合格の通知が、直接家に届いて、家族の者たちはオレの志願を知った。ならしてみな不満だった。親たちが国に奉公しているので、お前まで志願する必要はないといった雰囲気だった。

「六人兄弟だ。一人ぐらい志願してもいいだろう」

と、信厚は負け惜しみのように言った。天下の翼賛壮年団長が、反対する訳にはいかなかった。オレが黙って印を盗み出し、捺印したのは、親父の立場をよく知っていたからだった。

「反対する訳がない」

これがオレの推察だったたのだ。

「しかし、まあ一次試験だから、合格したものじゃない」

と、親父は言った。みなを安心させるための発言だった。

「陸軍に一人、今度は海軍に一人。天皇陛下のためならオメデタイと考えなくちゃいけないよ」

と、聖代が言った。

陸軍に一人とは、叔父の主計少尉のことだった。叔父が結婚する時は、甲府の連隊の係の兵が、身分調査にきた。憲兵になる時にもそうした調査のあることを初めて知った。

聖代が陸軍に一人、と言ったので祖母の天子は気分よかったようだ。さきほどの雰囲気と逆の雰囲気になった。この後、父信厚は仏壇の前で読経を始めた。

眼に見えない仏を拝むのだった。

二次試験は三重県にある航空隊だった。内容は適性検査だった。パイロットになれる可能性があるのかないのか、の判別のテストであった。二日間も要したのだった。

オレは初めて海を見た。そこは地図で学んだ伊勢湾だった。

三重海軍航空隊はこの伊勢湾の海沿いにあった。香良洲《からす》という所だった。隊内に入ってオレは驚くと同時に、先輩たち予科練生を目の当たりに見たのだ。ほんものの姿に感動するだけだった。これが予科練か。服装が確かに七つボタンだった。

しかし多くは隊内ではみな軽装だった。

オレは彼等と話したかったが、その勇気はなかった。勇気といえば、ここまで来た県内の受験者たちの行動に不快の点が多多あったが、それを注意することがまったく出来なかったことだ。

二次試験へ行く者たちは県庁前に集合し、県庁の係員によってここまで来た。合格者の中には、オレよりも二つも三つも歳上の者たちがいた。彼等は夜行列車の中で卑猥の会話を声高で話し、眠ろうとするオレは実に不快だった。彼等はすでに軍需工場で働いていたように思われた。社会で一人前に労働した経験者ばかりであった。

煙草を吸う奴もいた。こんな奴等も一次に合格したのかと思うと、オレは落胆するばかりだった。奴等になぜ言うことが出来なかったかと情けないのだ。

「静かにして下さい」

この一言が言えないオレという男は、男として果たして予科練生になる資格があるのだろうか。

本物の予科練生を見ながらオレはそう思わぬ訳にはいかなかった。

オレ等は彼等の体操を見た。見事なものだった。見たのはそれだけだった。適性検査が終わるとすぐ帰る予定になっていたからだった。

帰路予科練生の外出姿を、香良洲の町で見た。隊内の彼等より、外出時の彼等の格好のよさをどう表現すればよいか、オレには言えない。

合格の自信はまったくなかった。航空隊は大きすぎて、その全貌はまったく分からない。田舎者のオレは名古屋の駅の大きさにも驚いた。そして甲府の駅と比較していた。あの広くて長いコンコース。そこに整列し、中央線から関西線への乗り換えを待つ時間の長いこの苦い体験。夜明けの名古屋だった。不眠が長い時間にした。勘違いか。いやその体調だ。合格しない。不合格と思え。とにかく驚くことばかりだった。

村へ帰ってもこの適性検査の話はしたくなかった。仲間が聞いてもそれは迷惑に感じた。

ダメだった。日本は広い。山猿のオレなんかダメに決まっているさ、と呟くだけだった。

三月だ。卒業式も近くに迫っている。

親友の三朗は、村の青年団に入ることにしていた。父の代わりに家にいなければならなかった。奴もオレと同じようにパイロットを目指していたのだった。それも一時のはかない夢だった。

「おふくろが家を出るなと……」

三朗はそう言って首をたれた。オレは申し訳ないと思った。頭もいい。喧嘩も強い。筋を通す。天皇の尊敬者だ。戦死の父を誇りにして生きている。模範的な少年である。

オレよりも優れていると思う。そんな奴が家にいるのは辛いだろう。みんな外へ出て行く。村に残るのは何人かの女子だけのようだ。

まだ通知がない。どうしている。やはり不合格か。無視されているのか。オレは他人のことを心配など出来ない。オレはどうする。オレは立っても座ってもいられない。落ちつかない。三月だ。卒業式だ。その日も近い。

海軍省はどうしているのだ。

卒業式の三日前にやっと来た。届いた。見事合格だ。合格通知は三重海軍航空隊へ入隊せよという文面だ。四月一〇日に来いという。通知ではない命令だ。合格した以上当然命令となる。もうイヤだという甘えた考えは通じない。

校長は喜んだ。卒業式はお前の壮行会でもある。そうしようと言う。オレの足は地から舞い上がっていた。どうしてよいのか分からない。

母の聖代はあまり嬉しそうではなかった。信厚は立場上かどうか、とにかくオメデトウとは言った。天子ははっきりオレに言った。

「少尉ぐらいにはなれよ」

息子が憲兵になり、そして将校になっている。祖母はその息子の主計少尉のことを考えて言ったのだ。近近、中尉になる。

「むりだよ。コースが違うからね」

天子は何のことか見当がつかなかったようだ。

オレはもう『海軍への道』という海軍省が監修した入門書はいらないと思った。

海軍には兵学校とか機関学校とか経理学校とかがあって、その学校を卒業しなければ、将校になれないことを、オレは知っているからだった。叔父は陸軍の経理学校を出ていたから将校になれたのだ。

予科練のことは入門書の中ほどにあった。空への進路には八通りあると記述があった。
一、海軍兵学校から進む。

二、海軍機関学校から進む。
三、飛行専修又は整備専修の予備学生、生徒として進む。
四、志願兵（甲種、乙種飛行予科練習生、及び整備兵）として進む。
五、海軍兵から丙種飛行予科練習生として進む。
六、整備術予備練習生（甲種、乙種）として進む。
七、飛行機操縦予備練習生（甲種、乙種）として進む。
八、航空機乗員養成所から進む。
オレ等国民学校高二の者は四項に当たる。四項には詳しい説明があった。そこだけは注意して読んだものだ。

〈乙種飛行予科練習生の学科試験は中学校第三学年修了程度で行われる。この練習生に採用されると……〉

中学三年修了程度。S中尉の話と違う。これが頭にあった。オレは関人のような中学生ではないのだ。毎日のように学校で作業ばかりしていて合格する訳はない。合格なんて話がうま過ぎる。

だが、しかし、オレは見事合格してしまったのだ。天に登ぼる気持ちだ。バンザイだ。

予科練の本に推薦文を書いていた大本営海軍報道部課長平出英夫は『真珠湾潜航』という本にも序を欠いている。報道課長の大事な業務であるのに違いない。岩田豊雄が小説仕立てに書いた『海軍』にもある特殊潜航艇の本だ。

平出英夫の序の一部分だけここに書く。

〈近代の戦争はいよいよ複雑多岐であり、往往にして国民にも知られず、また歴史家にも記録されず、永遠の闇に消えてゆく「隠れたる戦争」があり勝なものである。なかでも海底に闘う潜水艦の場合は、その性格の隠密を要する点から戦争の実相は、しばしば抹殺され、また乗組みの名状し難き困難も、いわば水禽の足掻きを知らざる諺の如く、多くの人人に看過され勝なのである〉

しかし読んでみると内容は潜水艦の活躍記であって、特殊潜航艇のことではなかった。だいたい著者が「○○大尉記」ということから気に入らないのだ。真珠湾に攻撃をかけてもいないのに、『真珠湾潜航』とは読者国民を騙している。戦争中のハワイ空襲は、死んだようにしか思えないダラダラの支那事変から突如、頭を殴られたようなものだ。眼が醒めた。しかし空からの成果ばかりではなかった。海底からの戦果もあったのだ。軍神の登場だ。そこにつけこみ『真珠湾潜航』の書名で本をつくる。

そんな詐欺の本に平出英夫は、役柄とはいえ、唯々諾々と出て行くのかだ。軽薄だ。欺瞞だ。

オレは非常に落胆した。岩田豊雄の『海軍』を読んだあとで、あれを読んで消沈した。あれは許せない。海軍を志願したオレには許せない。どうして天下の報道部課長がしゃしゃり出るのか。『海軍』の中に岩田豊雄は次のように書いている。軍令部発表の草案を引用している。この草案は軍令部長承認の草案を報道部課長も眼を通し、彼が発表するのだ。

著者は草案の一部を発表していた。これがそれである。

〈斯くて、御稜威《みいつ》の下、天祐神助を確信せる特別攻撃隊は、某月某日枚《ばい》を銜《ふく》んで壮途に就き、真珠湾目指して突進し、沈着機敏なる操縦により、厳重なる敵警戒網並に複雑なる水路を突破、全艇予定の部署により湾内に進入、或は白晝強襲を決行、史上空前の壮挙を敢行、任務を完遂せる後、艇と共に運命を共にせり。

就中夜襲に依る「アリゾナ」型戦艦の轟沈は、遠く港外にありし友軍部隊より明瞭に認められた十二月八日午前四時三十一分（布哇《ハワイ》時間七日午後九時一分）即ち布哇における月出二分後、真珠湾内に大爆発起り、火焔天に冲《ちゅう》し、灼熱せる鉄片は空中高く飛散、須臾《しゅゆ》にして火焔消滅、之と同時に敵は航空部隊の攻撃と誤認せるものか熾烈なる対空射撃を開始せるを確認せり又同日午後六時十一分（布哇時間午後十時四十一分）特別攻撃隊の一艦より襲撃成功を放送午後七時十四分以後放送途絶、同時刻自爆若くは撃沈せられたるものと認めらるるもののありたり〉

実はこうした戦争開始の記録や小説は他人ごとではないに等しい晶三郎の読書体験であった。『海軍』はむろん真実を描いたものである。しかしなんと大袈裟な表現だろう。「枚を銜んで・・・」読めない。枚とは何だ。銜とは何だ。

軍神横山正治大尉は、少年たちの希望の星になっていた。二階級特進という制度もあるのかと知った。天皇の許可もなく勝手に戦争を始めるのを事変といった。天皇が開戦の勅語で始まるのが正式な戦争だ。しかし名称がどのようにあっても、国民にとっては、戦争に変わりはないのだ。

事変でも三朗の父は戦死しているのである。だが、大東亜戦争は天皇が戦争をするから、国民もしっかり頑張らなければならないぞ、という理屈である。

戦争で大成果を挙げると軍神が誕生するのだ。油断してはいけない。怠けていてはいけない。そう思ってきて、やっと合格した海軍飛行予科練習生だ。報道部長の檄文に言われることも、もういらない。

眼の前に三重海軍航空隊があるだけだ。だが気にかかることがある。その下に奈良分遣隊とあるのではないか。しかし来たる四月より正式に「奈良海軍航空隊」名が正式な名称だと付記。驚ろかすな。学校でいえば分校ということになる。独立しなければ予科練が泣く。立派に独立したのだ。

行く先は奈良県奈良だ。古都だ。

オレが軍神の話をした時、思いもよらず三朗が陸軍にも軍神はいたと教えた。

オレは海の軍神はあっても、陸の軍神はないものと考えていたのだ。

「そうかあ、いたのかい」

「いるんだよ」

「海の中はこちら、そっちは空の上か」

「そうだよ」

「なんだ、海軍も空もほしいな」

「陸の方も本になっている」

「本に、オレは知らなかったなあ」

「あるから貸してあげるよ」

「それなら読んでみるか」

「珍しく、本の表紙裏に、ご丁寧に軍神の写真まで貼ってある。不思議だよなあ、この本。軍神は髭の男だよ」

借りた本は『空の軍神』だった。陸軍省の加藤正雄記者が書いた本だった。

〈大東亜戦開始以来、僅か半歳、ビルマ戡定《かんてい》の終了と共にその一段階を終わらんとする直前、空の至宝加藤少将、忽然として南溟《なんめい》に散る！

上官、同僚、部下よりは勿論、生前の加藤少将を知る人により痛惜の言葉は一様に語られ、讃辞は翕然《きゅうぜん》とそそがれたのであった。

噫《ああ》！　空の軍神加藤戦闘機部隊長！

身は南溟の底深く沈むといえども、神魂《しんこん》は大東亜の空を天翔《あまか》けり、永久に空の護神として生きている。我我国民もまた、故少将の高邁なる人格と偉大なる功績に、感激と追慕の情切切たるものを禁じ得ないのだ。そして陸鷲魂の権化《ごんげ》、空の軍神として、将又《はたまた》、神州日本を未来永劫に飾る不滅の讃歌として、子子孫孫に語り伝えることであろう。

ここに、昭和一七年七月二二日午後四時、陸軍省より発表された、畏《かしこ》くも天聴《てんちょう》に達せる感状と、二階級特進の燦《さん》たる栄誉の発表を掲げ、空の軍神加藤建夫少将を衷心より讃仰《さんぎょう》するものである〉

「オレは思ったけど、海軍の軍令部の草案という文章はむつかしかったよ。こっちの報道記者の文章もやはりむつかしいなあ」

「まったくだ」

「つかえつかえ読んだよ。辞書も使ったよ。もちろん少年向けに書いた本だとは思わんが、知らない漢字だらけだからなあ、まいったよ。みっちゃんはすらすら読めたか」

参謀本部側と軍令部側の国語表現の争いとしか思えない、愚行としか思えないものであった。

オレは正直にお礼のつもりで言った。

「オレだってそうだよ。読めないところは飛ばし読みだ。それでなんとなく読んだようになるから不思議だ」

と、言って笑った。

「予科練の試験の程度は、中学三年修了だ。高二対中三だろう。話にならないや。こっちが二年、あっちも二年が平等なのに、変だと思わないか。中学優先だよ、あれは」

「やっぱり不公平だよ。オレもそう思う。晶ちゃんの悩み、分かるなあ」

「中学ではABCをやっているのに、オレたちはイロハだろう。もうそこで差がつく。アルファベットなんか教えて貰えないからさ。それに中学はオレたちのように労働ばかりしていないらしい。関人の手紙にそう書いてあった。下宿で手紙を書く時間がある。勉強できる時間もある。オレにはそんな時間はない。関人は中学のあとは、京都の坊主大学へ行くことが決まっている筈だ。そのための勉強だからほんとうは遊んでいても、入学出来る道だとオレは考えている。しかし奴は勉強家だから、学校の作業はサボって、参加しないらしい。あいつらしくないが、環境が変わってそうなったのかも……」

「環境が左右するさ。晶ちゃんだって、多分予科練に合格し、航空隊へ入隊すれば一か月もたたないうちに、すっかり別人になるさ。オレが近づけないようになるに決まっている。天下の予科練だ。七つボタンに桜に錨だからな。とにかく一年後あたりに会えたら、知らない人のようになっている。オレなんか農夫だ。百姓だ。銃後の戦士さ。悲しいよ。華華しくないからなあ。青年団に入り、そこで女子青年団の処女会と合流した行事で憂さ晴らしするのがせめてもの天だ」

「みっちゃん、そう重く考えるなよ。村の英雄一号だろう。みっちゃんがいるから、村は大丈夫だ。在郷軍人会や壮年団は、なんのことはない青年団を一番頼りにしていると思うよ。親父さんなんかいつも青年団長とそんな話ばかりしている。今は壮年者にまで召集令状がくる。十二年も十三年も戦争が続けば、年齢にも制限なく赤紙がくるようになる。村は女と子供ばかりになって行くよ。だから、みっちゃんの存在は貴重だよ。だから……」

オレは叔父を思った。父のすぐの弟は僧侶になっていた。近くの寺の僧だった。出家の条件は、坊主大学へ進めることだった。駒沢という東京の大学を出て、村の寺の僧になった。関人の寺のような名刹ではない。宗派も違っていた。僧にも赤紙が来て、叔父は出征した。村は労働の人手が少なくなって、親父は殖産会社の書記を辞めていた。

殖産会社の仕事というのをオレは少しは知っている。

小作人が地主から金を借りる。その借金が約束の日までに返済できない時、小作人はなけなしの山林とか野原とか、また先祖伝来の猫の額ほどの狭い田や畑を抵当にしたものを取り上げる仕事であった。会社は大地主が社長だった。

所有者の変更は、甲府の登記所へ行くのである。この担保の書き換えの登記簿の仕事が主だった。地主は他村の人物だった。血も涙もない地主だった。親父は借金した人物に、肩入れしているので、話はなかなかスムーズに進まない。そこで地主が会社へ顔を出す。家へ来たこともある。それで晶三郎も知っている。欲深い表情で物言いといい、また態度といい、実に横柄であった。

親父が書記であった時、オレは大変よかった。書記の仕事は甲府へ行くことが多い。登記所へ行くのだ。今の法務局だ。土地の番地と所有者の登記簿への更新はここでなければならない。

小学校へ入学する前にも後にも、晶三郎は親父にねだって甲府へ行ったことがあった。ただ知らない甲府の街の様子に、憧れていただけであった。

時に珍しく村に黒塗りの光ったハイヤーが来る。親父はそれに乗ったのだ。それは晶三郎の自慢になった。村にはトラックとオート三輪しか入って来ないのだ。そこへ突然の黒塗りのハイヤーだ。しかし、親父は甲府までハイヤーに乗るのではない。途中の百観音でおりる。甲府行きのバスは、ここを出発点としていた。

小一か小二の時、オレは親父に頼み込み、甲府へ父と同道した。もう学校が終わっていた。土曜日だった。

「甲府へ連れてって」

何回も何回もオレはくどく迫った。親父は負けて、オレは黒塗りのハイヤーに乗った。鼻高高だがあいにく仲間はこのオレを見ていない。残念。

百観音で乗る乗合自動車には、運転手と女車掌しかいない。親父は疲れて一番奥、うしろの席で眠っていた。夕暮れだった。甲府の街に近づいたらしい。

運転手と車掌の会話はオレの耳に届くのだ。二人のいちゃいちゃした卑猥の中味は、天神講の夜の話に似ていた。小五、小六、高一、高二の連中の中では、高二の少年団長がこうした話を聞かせるのだった。これがオレたちの性教育だった。正面から非難されるようなことではなかった。こうしたことは昔からの伝統であった。この天神講以外で、堂堂と性教育をされた場面はない。愛国だけではいけない。伝統は高二や団長の任務であったかもしれない。誰かが性教育を下級生にしなさい、と言ったのではない。

オレは乗合自動車のこの二人を羨ましく感じた。小二でも、女を感じることはあるのだ。この車掌の脚が美しく見えた。美しいというより肉感的肉欲的で、煽情的になるのだった。この体験は小二時代、学校でもあった。見込みの悪いオレだが、担任の女教師が成績のよい答案とか、うまい図画を高い所へ鋲で貼る時、彼女は背伸びをする。オレはすかさず担任のすらりとした美しい脚線に見蕩れてしまうのだった。精神的欲情というものは少年にもあったのである。

温泉郷の湯村辺りになると街並みが賑《にぎ》やいでくる。ああ、甲府はお祭りか、と思った。

「オマツリかなあ！」

と、オレは思わず大声を出してしまった。

女車掌に聞こえた。ふり向いて笑った。

「バカ野郎、お祭りであるもんか。いつでもこうだ」

と、恥ずかしそうに眠っていた筈の親父は言った。

その親父は夕食を常宿の芳野家で済ませると、街へ出て行った。宿は常宿であったので、近所の人と話をするように、宿の者と話していた。この宿も甲府空襲に遭い、焼失してしまった。

最後に甲府へ行ったのは、小五の時か、その時は親父と共に映画をみた。音声の無い映画だった。画面の横に男がいて、絵に合わせて喋っている。この弁士がいなければ何のことやら、寸分わからない映画だった。オレは会場で立ち見している学生ばかりに気をつかっていた。

「あちらの学生が師範生だ」

親父はそう言って後輩たちの姿をオレに見せつけた。

「あっちの右の方は？」

「あっちの学生は山梨高専だ」

まだあの時は、はっきり海軍の意識も理解もなかった。ただ彼等は遠い存在だった。そしてみんな頭のいい連中だと、敬意を抱いていたのだった。

親父は、もう一口も口をきかなかった。弁士の声に集中していた。もう話しかけることは出来なかった。

あれから三重空での適性検査のため、甲府集合がかけられるまで、オレは甲府へは行っていない。

「出発はいつだ」

と、三朗《みつお》が聞いた。

「八日だ」

と、オレは答えた。

「八日の朝、熊野神社で壮行会をしてくれるそうだ」

「オレ、行くよ。送るよ」

と、三朗が言った。

オレは嬉しかった。

八日の朝、オレの壮行会があった。オレは嬉しいような恥ずかしいような気分だった。

神社に約束通り三朗の姿があった。

村長の挨拶がまずあった。村長は日本の歴史以来の未曽有の戦争だ。その戦争になんと十四歳の晶三郎君が今出発する。なんと立派な日本男子の勇姿ではありませんか。若い体だ。武運長久を祈っている、と大きな声で話した。母は村長さんはいつも未曽有《みぞう》のところを「みぞうゆう」と言っている。村の恥だから誰か注意してやればよいのに、と何度か話したのをオレは聞いていた。

村長は今も未曽有と話した。まだ誰もそっと教えていないことが分かった。偉い人には誰も教えたり注意したりする者はいないものだ。世間というのは、そういうものだと思った。

天子はオレに、聞くは一時の恥、聞かぬは一生の恥だと教えた。知らないことは聞くに限る。

軍隊は一から十まで知らない事ばかりである。入隊したら、なんでも聞くようにしようとオレは考えていた。

村人といっても大部分の人は、オレの部落の人たちだった。彼等は村はずれまで、オレを見送ってくれた。三朗もそこまでだった。

親父一人だけが、バスの停留所のある新町まで歩いてお供となったのだった。バスから汽車へ。

親父も奈良までついて来た。帰りに京都に寄り、妙心寺で海岸寺の僧に会うというのだった。檀徒代表。檀家代表の親父であった。

妙心寺参詣を楽しみにしていたのだった。

オレは案外親孝行をしているのかも知れないと車中で思うと、重い荷を背中からおろした気分になった。

父兄は入隊式に参列できないのだった。入隊式まで、隊内で再びきびしい身体検査もあった。その検査によって、折角入隊するつもりで来た者も温情なく帰された。そういう哀れな人間もいたのだった。

オレはこれに合格した。帰されることはなかった。

だが、問題はこれからだった。

明日のことは皆目分からない。

班長になるらしい上等兵曹の言葉はいやに親切すぎる。これが信用出来ない。

なにやら無気味だ。無気味だがやはり期待だ。入隊式を期待するオレはまぎれもなく晶三郎である。

第四章

オレは一八兵舎の第一七分隊の第一班になった。班長は上等兵曹だった。

予科練の被服類が貸与され、村から着てきた私服類は小包にして送り返す仕事があった。

貸与品には名前を書かなければならない。

すべて何時何分までに、終了させなければならない。無駄の時間はまったくない。知らない相手に、話しかけることも出来ない。

「オレは山梨から来たものだ」

と、今日から生活する相手に告げたいが、まだオレも相手にもその余裕はない。次から次に用事が降って来る。

オレは黒の革靴をはいてみた。生まれて初めてのことである。短靴《たんか》といった。具合がいい。気に入った。

「班長！」

と、質問する奴がいた。

「なんだ、貴様」

班長の声だ。

「制服が大きすぎます。交換して下さい」

あとで分かったが台湾中から来た練習生だった。

「バカ者、貸与品に文句を言うな。お上からの品物に文句を言う奴がいるか。制服は一号、二号、三号の三種類しかない。もともとお前の体に合わせて作られたものではない。大きすぎるとか小さすぎるとか、文句を言うものではない。窮屈だったら窮屈でないように、服に身体を合わせろ。大きかったら、身体が大きくなるまで辛抱するものだ。大は小を兼ねるということを知らないか」

オレはこの班長の言い分を聞いて、質問しようと思っていたことを止めた。

黒の短靴は足に気持ちよく合ったと思ったが、どうやら少少大きすぎるようでもあったからだ。その結果はのちの若草山、奈良公園一帯への引率外出の際に起きた。両足にマメが生じ、その苦痛で初めての見学も台無しになったからだ。

入隊式は広い練兵場で行われた。

隊長は海軍大佐《だいさ》だった。挨拶は短い。なにを言ったのか忘れた。忘れないことは一言。

「ここにメデタク入隊した貴さま達を、海軍二等飛行予科練習生に命ずる！」

日課のことを三朗《みつお》に知らせたい。

朝六時起床。ラッパの合図による。班内の当直が「総員起こし、寝具収め、体操用意」の号令をかける。三枚の毛布を正しく揃えてから、兵舎前に三分以内に出て整列しなければならないのだ。そこから練兵場へ駆け足。

六時五分に「体操始め」の号令。この体操は「海軍体操」で、学校でやっていたラジオ体操よりハードである。

六時一五分「体操止め、甲板掃除」で、兵舎内の持ち場の掃除にかかる。

六時四五分「掃除止め、休め、顔洗え、食卓番手を洗え」の号令。

七時に食事のラッパが鳴ると朝食にありつけるのだ。

七時五五分「課業始め五分前」の号令。練兵場へ出る。隊内はすべて駆け足。

八時、国旗と軍艦旗の掲揚。当直士官の命令は「帽とれ、皇居遥拝」それから聖訓五条を声たからか唱えるのだ。
一、軍人ハ忠節ヲ尽スヲ本分トスベシ
一、軍人ハ礼儀ヲ正シクスベシ
一、軍人ハ武勇ヲ尚ブベシ
一、軍人ハ信義ヲ重ンズベシ

一、軍人ハ質素ヲ旨トスベシ
つぎは教務だ。軍事学には航空、砲術、整備、航海、運用、機関、水雷、陸戦、兵術、軍制と多い。これ等は士官と下士官が教える。

普通学には国語、漢文、代数、三角、物理、化学、地理、歴史。文官が担当する。文官は大学、高校の教授である。

一一時五〇分「課業止め五分前」の号令。

一二時昼食。

一六時一五分「課業止め、休め、食卓番手を洗え」

一六時三〇分夕食。

一七時五五分「温習始め五分前」の号令。

自習のことだ。私語禁止。

二〇時五五分「温習止め五分前」の号令。

そして一斉に五省を唱える。

「至誠にもとるなかりしか」とか「努力にうらみなかりしか」と続く。

二一時「温習止め、甲板掃除」の号令。

二一時一五分「掃除止め、総員寝具おろせ、巡検用意」

二一時二五分「巡検五分前」

二一時三〇分「巡検」

巡検が終わるまで眠ってはならない。しかしだ。疲労困憊だ。

二二時に消灯ラッパ。

やっと長い一日が終わるのである。たとえば広大な牧場で追いたてられる牛馬のように動いた。

課業の他に海軍大尉《だいい》の宮本分隊長の精神訓話がある。髭のある分隊長はすでに南方前線で戦い、負傷して休養（？）の形で奈良空に着任したらしい。班長の話であった。班長も同じように南方での参戦体験者だった。

分隊長は戦争体験を話さない。オレ等はその話を聞きたいのになぜか話さない。注意してみると分隊長は左足を少し庇《かば》うように歩く。

分隊士の中尉は若い。大尉の分隊長は苦労人のようだ。兵学校卒でも機関学校卒でもなく、特務大尉であることが分かる。オレ等のように志願兵から一歩一歩進級し、大尉になったのだ。優秀な人物だ。苦労人のようだ。すごい。

予科練制度になってからは、予科練も将来は兵学校出と同じように待遇すると聞く。少年時代から教育すれば技術が優秀、成績も良好、搭乗員を兵学校出なみに、と。軍令部はともかく航空本部はそう考えていた。『大海軍を想う』を書いた著者、伊藤正徳《まさのり》もこのように記述していた。

入隊式に挨拶した航空隊長の司令の顔を見たが、あれ以来見ていない。分隊長は精神訓話の時以外は姿をなかなか見せない。だが分隊長は話す。

〈旺盛なる攻撃精神と崇高なる犠牲精神が、戦いに勝つ一番大切な要因である。攻撃精神はどうして生まれるか。日常の訓練から生まれるものだ。知らず知らず攻撃精神が育つのだ。予科練習生の心得の中に書いてある。練習生は、毎時この精神を鍛錬して先人に遅れざるに務むべし、な。故に、班競技や分隊対抗競技に負けないよう努力するのだ。こうしたことで攻撃精神は生れ、そして強くなる。また勝つためには、犠牲的精神がまた必要になる。攻撃精神とこれは裏腹のものだ。分かるか〉

と、分隊長。

「ハアイ！」

オレ等は大声で応じる。

分隊長はまた言う。

「お前たちは二十歳までの命だ。それまでに笑って国のために死ねるように教育してやる。南方では二十歳前で特攻に散華しているお前たちの先輩がいる。知っておるか！」

「ハアイ！」

去年から神風特別攻撃隊の編成があった。レイテ島で苦戦していた。その前の年にガダルカナルから撤退していた。そして連合艦隊の司令長官山本五十六大将の戦死が報じられていた。ソロモン上空で米機にやられた。敵は沖縄まで迫って来た。そして沖縄に上陸しようとしていた。

　オレたちは二十歳前に死ぬ。その覚悟の日常になっていくのである。

　しかし沖縄に近づくアメリカ軍も、ラバウルを占領できていなかった。ラバウル戦線異状なしの海軍。同じようにラバウル戦線異状なしの陸軍。海軍の司令は中将草鹿任一《じんいち》だった。陸軍は大将今村均だった。陸軍七万、海軍三万、合計一〇万の将兵がラバウルで戦っているのである。自給自足の食糧。十分で安全の地下壕。名将今村の作戦だった。

　オレ等は飛行兵になるのに、行進とか早駆けとか、折り敷けとか、伏せとか、匍匐《ほふく》前進とか、射撃とかの陸戦隊になるような訓練には不満だった。手旗信号、モールス信号などは面白いが、読み間違い、打ち間違えがあると班長からの制裁がある。すべてが競争であった。一寸の油断もならないのだ。

　台湾の中学からきた奴は、アルファベットを知っている。航空力学の際に教授はAとかBを使う。オレはイロハしか知らない。温習の時間にオレは彼に教えて貰うのだった。

　駆け足には自信があった。班別競走はしばしばある。敗けると連帯責任となる。一人でも落伍者があってはならない。こんな時、オレは班員四〇人の中で、いつも楽楽と走って、班友の落伍者になりそうな奴の手助けだ。手助けといっても声をかけてやるだけだ。広いグランドから、奈良街道に出て桜井方面に駆ける長距離だ。攻撃精神のつもりで走る訳だ。

負けると罰直が待っている。

「食事中止！」

班長の声だ。他班の食事が終わる頃になってから、食事開始の声が出る。その間兵舎一周の駆け足である。

楽しいのは引率であっても外出だ。上陸の自由外出はまだない。

オレたちの行軍は黙ってはいけない。軍歌だ。不思議にも班長は行軍中なのに、「前へ進め」と号令をかける。これは小学校の音楽の時間に教えられた、一、二、三、ハイから歌い出す合図と同じなのだ。

軍歌練習は、班長が一小節歌うと、オレたちが真似で歌うのだ。

「日本海軍」の歌詞はこうだ。七番まであるが一番だけ書く。

四面海もて囲まれし
わが「敷島」の「秋津洲《しま》」

外なる敵を防ぐには陸に砲台海に艦《ふね》
「勇敢なる水兵」はよく歌った。

なんと一〇番まである長い歌詞だ。

煙も見えず雲もなく
風も起らず浪立たず
鏡のごとき黄海は
曇り初《そ》めたり時の間に

空に知られぬ雷《いかずち》に
浪にきらめく稲妻が
煙は空を立ちこめる
天《あま》つ日かげも色暗し

戦今かたけなわに
務めつくせる勇者《ますらお》の
尊き血もて甲板は
唐紅《からくれない》に飾られつ

「同期の桜」の場合に口の中が苦くなる。そんな、一番の「貴様と俺とは同期の桜、同じ兵学校の庭に咲く、咲いた花なら散るのは覚悟、みごと散りましょ国のため」の中の、兵学校が目障りになるからだった。

班長は「兵学校」を「奈良空」に変えたのだと訂正する。訂正しても気分はよくない。喉が痛くなるほど行軍と軍歌練習は続くのだった。オレたちは鼻歌で自然に「煙も見えず雲もなく」と歌っていた。

オレは最初に口をきいた台湾から来た戦友に、手紙は何日で着くか尋ねた。

「今は分からん。前には二日か三日で、内地からの手紙は届いたものだ。今は無理だな。貴さまは」

と、オレに聞いた。

「二日あれば着くだろう」

「オレはもう書く気がしないや。台湾も空襲されているから、着くかどうか分からんからな」

と、言って首をたれた。オレはよくも台湾から志願して来たものだと感心していた。

彼の家は砂糖をつくる工場主であった。広い畑に砂糖黍《きび》を栽培しているのだそうだ。

両親は台湾にいる。台湾は沖縄のさらに向うにある。なるほど手紙は届かぬだろう。そう思ってしまう。

オレは三朗に手紙を書いた。

きびしい奈良海軍航空隊のそのきびしい生活にも慣れてきた。毎日が発見の生活だ。あっという間に二か月が過ぎた。

奈良公園への外出はよかった。オレたちは小六の時伊勢神宮を参拝し、奈良を見て帰る修学旅行が出来なかった。そのためか奈良の古都が珍しく何を見ても感動した。

最初は引率外出だが、今は自由上陸だ。その時オレは陸軍の若い将校と彼の新妻とが、春日神社の参道を歩いているのを見た。初初しい将校だった。少尉か中尉か。多分少尉になったばかりの予備学生出身者でもあろう。新妻とは大学で恋愛して、結婚を数日前にしたものかも知れない。いや、昨日であったかも知れない。

明日は隊へ帰り、近く出撃するかも知れないので、新婚旅行を楽しんでいる。新妻の和服姿が珍しい。婦人たちはみなモンペ姿だった。春日神社の参道にこの二人の姿の残影はなかなか消えない晶三郎だった。

この奈良でのことを手紙に書くつもりになった。奈良は平和な世界だった。近くの天理専門学校のグランドでは、学生たちが野球をしていた。

分隊はこのグランドを使うこともあったから見たのだ。

奈良街道を若い男女二人乗りの自転車の情景も見られた。

菖蒲《あやめ》が池公園のブランコに若い男女が向き合って漕ぐ姿もあった。

注意する者もいない。注意されることもない。つまり平和だった。オレたちは「若い血潮の予科練の、七つ釦《ぼたん》は桜に錨」と若鷲のつもりになっていた。だからオレは新妻の残影を思い出すと、ついつい千恵子のことを連想するのであった。

ミッションスクールの千恵子はモンペ姿ではなく、スカートの女学生でなければならないのだった。しかし女学校の生活がどんなものか、想像することは不可能だった。

三朗を通してそれとなく音信を得たいと思ったことはある。消灯前にチラッと思うだけで、すぐ深い眠りに落ち込むのが常だった。

薬師寺へ行った時、そこで昼食をとった。塔の縁側に腰をかけて食べた。庭の草は伸び寺全体が荒れていた。

関人の海岸寺もきっと人手もなく、この寺のように荒れているのかも、と心配したものだ。

丹波《たんば》市町《いちちょう》の南に大和海軍航空隊が、新設された。そこは基地航空隊だった。神社であろうと寺であろうと、また民家がどうあろうとすべて立ち退き、一本の滑走路がまず完成した。

そこへ海軍自慢の一式陸攻が着陸するというので、見学に行ったことがあった。

オレは巨大な一式陸攻の姿とその搭乗員の先輩たちの姿を見て驚いた。むろん特攻隊員だった。

オレたちは近寄ることも出来なかったほどだ。

遠くでは飛行場完成のために、百人前後の朝鮮人労働者達が威勢よく働いていた。

その日の晩は、オレは頭の整理ができなかった。オレたちはあのような先輩たちになれるだろうか、と。なぜ平和な奈良に基地を今急いで作っているのだろうか、と。

分隊対抗の棒たおしは命がけである。攻める班、守る班と決め、班長が作戦計画をつくる。攻める班はまさに命がけである。敵陣深く突っ込む勢いはあっても、相手は必死だ。相手の頭上に登って棒の先端に届きたい。重心が先端になることが大切だった。しかし思うようにはならない。殴る、蹴るの修羅場の展開だ。久久の分隊長が見ている。一八分隊の分隊長も見ている。勝負は分隊長の名誉にかかっていくのだ。班長はそれを知っている。むろんオレたちが一番よく知っている。

負けると罰直が控えている、その内容は。さまざまだ。泣くに泣けない罰直の実行だ。たとえば雨が降ってきた日の罰直だ。その時の匍匐前進の辛さ。班長の叱責。この時、班長は鬼になっている。

「攻撃精神が足らん！」

「これでも予科練か！」

水兵出身の上等兵曹は、憎たらしく言うからたまらない。

「命がけでやったか。やった者は一歩前へ」

負けたので一歩前に出る訳にはならない。

すると班長は命令した。

「当直練習生こい」

その日の奴は、一発班長からビンタを頂戴することになる。オレたちはこれをアゴと言った。

「よし、もどれ」

当直は帰りぎわに言う。

「ありがとうございました」

と、言って敬礼するのだ。

これは当直一人の問題ではないのだ。連帯の問題だった。

もうオレたちは自分の歳を忘れていた。一四、一五ではなく一人前の兵士のつもりで生活していた。作業で外出した時、老兵に会うと老兵は間違って、オレたちに敬礼することもあった。自分の親父のような老兵たちは、大和空で働いていた。あの朝鮮人たちの指導者としてだ。奈良の東山に穴を掘ってもいた。外出した時彼等に会うのだった。なんのための穴かは知らなかった。近くには多くの古墳が見られた。武器や弾薬でも入れるものか。とにかく、本土決戦というポスターの出現がオレをびっくりさせた。

遠い南のラバウルが堂堂と戦っているのに、どうして本土決戦か。これからオレたちは特攻隊員となって、戦場に駆けつけるのにだ。オレたちは一日も早く練習航空隊へ転出したかった。日露戦争で使った三八銃使用の陸戦隊などの真似ごとは、意味をなさないではないか。せめてグライダーの実技を、と。しかし、オレはもうグライダーの操縦は卒業している。まごまごしてはいられないのだ。敵は沖縄まで来ている。

　オレは親父にも手紙を書いて送った。

〈おかげさまで、日夜ぶじ軍務に精励しておりますからご安心下さい。父上が見違えるような予科練生になったとオレは思っております。奈良は気候もよい所です。歴史も古くからあります。そうした環境ですからなんの心配もなく、学業と訓練にはげんでおります。分隊長も分隊士も班長も親切に指導してくれます。早く一人前のパイロットになりたいと油断なくやっております。

　靴下の修理は自分でやりますが、作業衣の破れは、隊内の縫製所にいる女性にお願いできますから心配ありません。母上にも祖母にも、またお会いした近所のみなさまにも、お礼の報告をして下さい〉

　殊勝な文面だった。心配はない訳はなかった。洗濯物の干場に置いた品物が、油断すると失敬されることがある。官品は数を常に保有しておかねばならない。その点検は不意にされる。その時不足すれば、大変なことだった。よって、あらかじめ班長は手もとに用意してある物品で不届者を助ける仕組みになっていた。助けて貰った後に、当然の如く罰直があるのだ。これは仕方のないことだ。ここでは盗ることを覚えなければならない。盗られたら同じ物品のものをその場で盗ることだった。そして官品は揃うのだ。

　三か月の奈良海軍航空隊での教育は済んだ。次は当然の如く練習航空隊のつもりであった。

しかしそうではなかった。

班員の戦友はみなばらばらになった。行き先の航空隊の名前さえ初めて聞くのもあった。オレの行き先はどこだ。

百里原海軍航空隊。聞いたことのない航空隊だった。何処にあるのかも知らないのだった。別れに際し、班長は色紙に書いてくれた。

「若鷲よ頑張れ」そして班長名を小さく書いた。捺印はなかった。

夜行列車は窓を開けてはならなかった。昼も開けてはならなかった。軍用列車だからだ。食事は乾パンだった。うまくなかった。

誰であったか、東京だ、と言った。

オレは東京へ行ったことなどない。窓を少し開け外を見た。まったく魅力のない街のように見えた。東京も通り過ぎた。どこまで行くのか誰も知らない。

石岡の駅で下車し、小川線に乗り換えた。そして小川の駅で降りることになった。

重い背嚢《はいのう》を持った。背負って広い長い道を無言で歩いた。その記憶は正しいと思う。暑かった。粉のような乾いた道に汗がポタポタ落ちた。どこまで歩くのか。

もう奈良が恋しくなっていた。

前の方で隊門が見えるぞう、と叫ぶのが後から歩いていたオレに聞こえた。もう近くだ。背が痛くなる。袋にはオレの全財産が詰まっているのだ。

なんで真っ白い第二種（夏用）の服を、浅葱色《あさぎいろ》に染めたのか。こんな七つ釦は少しも美しくない。それを今オレ達は着ているのだった。四月の入隊式からの第一種の七つ釦はよかった。美しかった。しかしこれはなんだ。余計なことをしたものだ。思えば実家の倉の白壁に泥水をかけたことと通じている。

そこは百里原海軍航空隊だった。これがオレ達の航空隊か。門兵がいた。オレ達は堂堂と隊列を組み入門した。

屋根は穴だらけの格納庫の中で、隊内での班別、兵舎別などの指導を受けた。指導者は実にてきぱきしていた。少尉だった。

話が終わって、松林の中にあるという三角兵舎に向かう時、その時オレ達は、初の空襲の洗礼をうけた。やってきたのはグラマン二機だった。

オレはなるべく太い松の幹に隠れた。グラマンが去った後、カランという音が近くでした。それはグラマンの使った一二ミリ機銃の薬莢だった。

飛行機操縦訓練どころの話ではなかった。ここは内地の航空防衛の最前線基地だった。つまり対米飛行基地だったのだ。

夢は完全に破れた。

兵舎といっても、小さな三角兵舎だ。一棟一〇人が合宿する。電灯はない。松林の中の小屋というものか。急いで転隊便をハガキで書いた。

諦めた。贅沢は言えない。先輩達が眼の前で戦っていたからだった。

たしかに基地は戦場だった。我が班の仕事は、翌日から掩体壕《えんたいごう》内に配置している彗星《すいせい》艦上爆撃機を、木の枝や草で被《おお》い敵機から隠すことだった。

この基地の主力は彗星艦爆だった。ハワイ空襲で活躍したという九七式艦上攻撃機もあった。しかしそれはもう古い。戦力にならない状況だった。

着任した時見た格納庫の屋根が穴だらけだったのは、零式戦闘機がすべて帝都防衛の目的で、厚木基地へ全機移転したためだった。

戦闘機の配備されていない基地の弱さの証明、象徴がこれだった。

グラマンは太平洋上の航空母艦から来襲するのだった。敵の輪形《りんけい》機動艦隊は、もう日本の近くに何時もいて、そこからの日本基地への飛翔は自由であった。シコルスキー型の戦闘機コルセアも来襲した。

この時どうするかをオレ達は知ると、次第に慣れてはきたのだ。

着任時の突然の来襲に合ったその時、晶三郎は太い松の幹を選んだ。本能的だった。臨機の判断だった。仲間のことなど眼中になかった。

この時、松の幹にしがみついていた晶三郎は、奈良空の一七分隊長の言葉を思い出していた。

「二十歳までに貴さま達を笑って死ねるように教育してやる。鍛えあげてやる。心配するな」

髭をはやした初老にも見えた一七分隊長のこの一言だった。戦闘歴のある老練の分隊長を隊の者はみな信じてきた。

なに故松の幹に素早くしがみついたのか。やはり死が怖いからだった。彼晶三郎はオレはやっぱり駄目な男だなと萎《な》えてしまった。

第一警戒配備の報を耳にしてから、宿舎への道は覚えていないのだった。松林の中の道は道らしい道ではなかった。晶三郎の村の松林はどれもこれも斜面だった。ここは違う。平面だ。えらい基地へ来てしまったと思った。そして奈良の平和の生活を思うのだった。同じ日本なのに、どうしてこうも違うのか。奈良には空襲など一度もない。

ここには午前一〇時頃と午後の三時頃、あたかも定期便のように主としてグラマンがやって来る。それも数機でやって来る。

来ると滑走路にロケット爆弾を落とす。軽くなると、今度は基地内上空を執拗に旋回し攻撃目標を探すのだ。松の木の梢近くまでの低空飛行の旋回なので、敵のパイロットの姿も見えるのだった。機銃掃射の的になってはならぬのだ。敵機の角度を見上げ、避難しなければならない。避難場所はならして蛸壺である。深く掘った一、二人用の穴である。ここなら安全だったのだ。

定期便の時間外の作業もまた安全だった。彗星の移動である。しかし、命令は都合よくあるものではないのだ。

滑走路は長い。この飛行場の作業の場合は死を覚悟しなければならない。格納庫前のプラットフォームなら、近くに蛸壺もあるが飛行場にはない。避難する場所がない。第二警戒配備のサイレンと敵機の来襲がほぼ同時のような場合もあった。海から近いせいなのか、敵機発見能力の低さなのか、とにかく情けない日常なのだ。

ああ、これが本土決戦ということか、と晶三郎はやっと納得するのである。

「作業員整列！」

この号令を聞くと、どこに居てもいち早く駆け足で集まらないといけないのである。必要人数は早く集まった者から採る。これは海軍のやり方だった。遅い者は恥をかくだけである。ああ、もうかったなどと狡猾に考えるのは、娑婆の考えであると採用しない。

夜の作業員整列の仕事は、分かっている。昼間グラマンにやられた滑走路の穴を埋めることだ。コンクリートに大きな穴をあけるのは、ロケット弾の力である。穴埋めは夜中までかかる。終了すると夜食が出る。これがこの作業の楽しみとなっている。肉の入った雑炊である。奈良空ではアルミの大食器に飯だったが、基地では小食器に飯が盛られるのだった。空腹は一日中続くのだったから、この肉入りの雑炊はありがたかった。しかし翌日は睡眠不足できつかった。しかし若かった。すぐ元気を取り戻すのだった。

一等兵曹の整備兵の班長の檄だ。

「貴さまら我儘いうな。航空基地の飯は銀シャリだ。内地勤務で銀シャリの身分だ。ありがたいと思え」

オレはそういうものかなあ、と頷いたものだ。そうかも知れない。

親父の信厚は農事実行組合長で、供出量で大変苦慮していた。そのことを思った。自分で耕作した米を百姓は食うことが出来ない。供出米として根刮《ねこそ》ぎしぼりあげられていた。そうした米が、軍隊へ送られてきているのだ。しかもすべての軍隊ではない。航空糧秣優先で配送されていたのである。

一等兵曹の班長はそうしたことを知っていたのだろうか。

「貴さま達は予科練になったから銀シャリに出会ったということだ。だがな、女に出会うことはなくて死ぬんだ。これはお互いさまだ」

と、言って笑った。

オレ達はこの班長に従って行動した。飛行機のなれぬ整備だった。

掩体壕から彗星を出し入れするのは、班長だった。彗星を敵機に発見されぬように草や木の枝で隠すのは、オレ達の作業だった。彗星は神社の森の中にもある。

松林には飛行機用燃料のガソリンの入ったドラム缶をつんだ小山もある。

オレは班長も死を覚悟していると信じた。

着任したオレ達同期生は、着任と同時に一等飛行兵に進級していた。早い進級だ。これが予科練というものだった。

新兵という気分は消えた。年配の水兵たちが、小僧のようなオレ達に敬礼を送るようになった。軍隊という世界は娑婆とは全然違っていた。会った時、敬礼などされると、オレは困った。しかし悪い気分はしない。

水兵出身の奈良空第一七分隊班長はきびしかったが、基地の整備班長は予科練の先輩だった。オレ達への対応が違っていた。つまり温情があった。兄貴のような存在だった。

彼からの罰直はなかった。

「貴さま等、故郷へ手紙を書いたか。恋人に書いたか」

と、言う。

「もっとも貴さま等には女はいないよな」

と、続けた。

「班長には」

と、同期生が言った。

班長は即答しなかった。

「いたよ」

と、返答した。

女とは縁はない。お互いさまだと言ったのに女がいたのだ。

「恋人ですか」

と、また同期生だった。オレより一つ歳上の奴だ。

班長は笑ったが愉快そうではない。

「あったが、今はない」

「どういうことです」

すると班長は仕方なさそうに言った。

「察しのない奴だなあ。貴さまはくどいぞ。そこまでだ」

「別れたのですね」

班長は叱りはしなかった。楽しい一時の休み時間だった。

「そうだ。別れなければ、相手が可哀想だと考えたからだ。入隊時に一番悩んだり苦労したのは、この別れ話だ。貴さま等にはこの経験はないだろうが、それは辛かった。身軽が大事なんだ。死を考えればな。そうだろう」

班長は偉いとオレは聞いていて思った。戦死の準備が出来ていた。班長はまだオレ達の歳と五歳ほどの差しかないのにだ。

先輩たちの飛行訓練は、敵の定期便を避けて敢行されていた。

タッチ・エンド・ゴウの日もあれば、ダイブばかりの日もある。着陸したと思うと離陸する。次は目標めがけて突っ込んで行く。

事故がないとはいえない。ダイブの失敗だ。上昇の機を失ったのだ。

農家の豚舎に突っ込み、死んだ豚は、隊がむろん買いあげる。作業員整列の夜間における穴埋めの後には、肉入りの雑炊が出た訳だ。

知ればなんともいえない話である。農家にとっても隊にとってもだ。しかしここで死ぬのは耐え難いではないか。隊内にある小高い砲台の機銃が敵機に対し火を吐かない。弾丸が不足しているからだ。

戦場での特訓には、どうしても無理があった。すべての条件がよくないのだ。それだけに必死だった。ここは国を守る前線基地だ。そこでの即成訓練だけに余裕がない。これが実態だった。

しかしラバウル基地で日夜戦っている荒鷲たちはどうであったか。撃墜王だと評判の高い坂井三郎は記していた。

〈私たちは、空中戦を行ったその日の夜、かならず研究会を開いて、その空戦の戦訓をさぐった。敵の戦法はもちろんのこと、若いものの犯したミス、どうすれば早く確実に落とせるかなどについて……。それが終わると、私は私なりに、その日の戦いにおける自分の小隊長としての戦法を反省し、最後に、一人の戦闘機パイロットとして、一人の勝負師として、もう一度、その日の戦いをまぶたの中に再現してみることをおこたらなかった。

また、たとえどんなに味方が大勝したときでも、一度として今日は満足な戦いであったと思ったことはなかった。自分が勝ったのは、けっして自分の戦法がすぐれていたのではなく、相手のパイロットがミスを犯し、戦法が空中戦の理論からはずれ、勝負師としての修練が、自分より劣っていたからである、と思った。

また私は、夜寝るとき、かならずノートと鉛筆を枕元に置いていた。私はときどき、空中戦の夢を見た。それも勝ちつづけるときよりもスランプのときによく見た。ところが、その夢のなかで、すばらしい戦法やヒントが浮かんでくることがあるが、これは、いい手だぞ、明日はきっとこの手でと思っても、翌朝になると、どうしても思い出せないことが多い。それで、いい夢を見た瞬間、ゴソッと起き上がってすぐメモをしてまた眠るようにした。この方法は、その後、空戦に非常に役に立った〉

常人ではないとオレは思った。じつは坂井はまたこんなことも書いていた。反骨のある武士だとオレは感動したからここに書くのだ。飛行隊長への批判である。

中攻隊の一機が不幸にして海上に不時着した。比島の現地民軍に保護され、二人はラバウルへ配置されてきた。恥ではないのに二人の機は小隊の三番機になった。飛行隊長の差別だ。この位置は敵戦闘機にもっとも攻撃され易い位置だ。これは自爆に値するほどの不名誉のことだ。ガソリン一滴でさえ血の一滴の今、一機の搭乗員の命があぶない。

〈中攻隊をいつも俺たちが掩護《えんご》して今日まで戦ってきたが、そんな馬鹿なことがあってなるものか。命をかけた俺たちの戦友、仲間ではないか。俺たち零戦隊、俺たち下士官仲間の意地にかけても、この一機は守り通すぞ。俺たちがついている以上、敵戦闘機には体当たりしても、この一機だけは落とさせはしないぞ〉

当日の記事。

〈かれらは、私の編隊があまりにも近くにまで寄り添ってきたので、少し驚いた様子であった。私は風防を一気に後ろへ押しあけ、鼻まで覆っていたマフラーを下げ、自分の顔がはっきり見えるようにした。そして、なおも私は、近づいた。お互いの顔がはっきりと見えてきた。全員下士官のペアであった。私は目頭が熱くなった。私は問題の一組の搭乗員たちの顔を初めて見たのである。どの顔にも暗いかげは感じられなかったが、手を振りながら呼びかけてくる。他機の搭乗員たちのような明るさが感じられなかったのは、私の気のせいであったのだろうか……。

ここまで仕上げるのに、日本はどれだけの費用と時日を費やしたのであろうか。日華事変以来のこの歴戦の搭乗員を、何の罪も犯さないのに中央のお偉方は自爆させろという。そんな馬鹿げたことがあってよいものであろうか。一度でいいからそんなことを強要する奴らに、この飛行ぶりを見せてやりたい。断じて自爆させてはならない。いや、断じてこの機だけは、敵機の餌食にさせてはならない。身を挺してでも、この搭乗員たちだけは守るのだと、私は、自分の心の中に烈烈たる闘志と反抗心が湧き上がるのを感じ、思わず大きな声でその機を指さしながら叫んだ。

「おーい！　元気いっぱいやろう！　無駄に命を落とすんじゃないぞ。死ぬんじゃないぞ。貴様達だけは、俺達が命にかけても守りつづけるからなあ」

もちろん、自分の声さえまったく聞こえない戦闘機の中からの声が、相手に聞こえるはずはない。それでも、私は声をからして何度も、何度も叫んだ。分かってくれなくてもいい。ただ叫ばずにはいられない私の気持ちなのだ〉

坂井三郎は零戦撃墜王の男。なんでも敵機を八〇機落としたという評判だった。いやそれにも敗けないのが岩本徹三《てつぞう》だ、という評もあった。西沢広義《ひろよし》も一二〇機落としたという英雄談をオレは知ることになるのだった。

坂井の反骨精神は、磯崎中佐の帰朝談からも推測できた。磯崎中佐はドイツ航空隊に二年留学し、大村航空隊の整備長として着任した。

磯崎は兵学校ではなく機関学校出身者だった。学校で芥川龍之介に語学を教えられた。一番の成績で、土浦航空隊が会場で行われた、イギリス空軍名将センピル司令を団長、パイロット、イギリス軍用機を迎えての初の飛行技術講習会に通訳として推薦されたのだ。芥川龍之介の推薦だった。このように指導教官も飛行機も英国からやって来たので、航空隊の基礎が出来たのだ。彼はこの時から海上より航空への道を選んだ。兵学校と機関学校は平等の筈であったが、実際は差別容認だった。芥川は知っていた。学生たちはもちろん知っていた。昇進は遅い。艦長にはなれない。出世しても中将止まり。兵学校への、その出身者への妬みはある。反骨はそこから生じるのだった。

海兵出は操縦の実力もないのに、すぐ機長になる。そこで彼坂井は階級を無視する考えになる。磯崎の話を聞いて、そういう決意を強くする。この操縦桿さえ握らせたら航空隊の一番、いや全海軍の一番になる。そして坂井は一番になった。

むろんあの掩護で例の機を守った。

彼の視力は普段の努力で二・五になっていた。数えきれないほどの空中戦を経験したが、視力のおかげで敵から先に発見されたことはない。敵よりも早く見つけ、敵の後方、後上方、後下方から素早く突っ込み、第一撃は絶対にのがさない。その自信がある。これには零戦の特徴として、見張り易い。視界が広い。一撃のあとは編隊をとき乱戦になる。こうなれば文句なしの、坂井三郎の戦闘となる。

百里原はラバウルと違っていた。

ベテランの操縦兵はいない。第一戦闘機部隊ではない基地だ。あるのは攻撃機だ。空中戦は不可能である。正確に目標に爆弾を命中させるのが仕事だ。

そのことは同時に、今は機自体が爆弾となって、目標の空母なり戦艦に体当たりすることになってきたのである。大切な操縦パイロットを殺すな、命を大切にせよと叫んでいる一方で、百里原では、大切な命を弾丸にしようとしている。

戦況はそこまで逼迫してきているのだった。

「オレの同期で、もう戦死した奴もいる。まごまごしてはおれんなあ」

と、班長は空に向かって言った。夏空には入道雲が浮いていた。この分なら今日は定期便はないな、とオレは勝手に考えている。

班長はまたぽつんと言った。

「九州の基地からだよ」

オレ等は黙ってしまった。

「沖縄戦にだ」

もう沖縄にアメリカ軍が上陸している。

オレ等の三角兵舎には、むろん電気もないからラジオはない。電気があったにせよ、ラジオの貸与があろう筈もない。新聞もない。戦争がどうなっているのか、詳しいことは一切分からないのだった。分かっているのは、空襲を一方的に受けているだけだ。これが海軍か。

オレ等は三角兵舎の暗い中で、歯ぎしりして悔しがった。反撃戦は何時だ。反撃戦はあるらしい噂はあった。

百里原基地へきて何日目か、やっと号令があった。

「バス、かかれ！」

風呂に入れるのだ。しかしその風呂場がいったい何処にあるのか分からない。

しかも夜である。暗い松林の中の道を手さぐりのようにして、前の奴に続く。奴を見失ってはならない。

林を出るとやや明るくなった。

「なんだ、田舎の風呂みたいだな」

浴槽はちいさかった。

奈良空の浴槽は小さな長いプールのようだった。体を一度洗って、こちらから向うにしゃがみながらゆっくり歩く。移動だ。向うに着くとあがるのだ。それで終わりだった。湯舟に入るさい、石鹸箱は手拭いにくるみ、頭にしばりつけて置く訳だ。

こちらはなんだ。牧歌的だ。小川の近くに浴槽はあった。前は田圃《たんぼ》だった。

担当の主計兵が注文をつける。

「もたもたするな。早くかかれ！」

久しぶりの入浴だ。ゆっくりしたかった。汗、汗、汗の連日だった。洗濯だってしていない。虱《しらみ》が湧くのだ。たまったものではないのだ。オレ等はわざともたもたした。少なくとも一飛になっているのだ。海軍一等飛行兵ではないか。先輩の主計兵の言うままにはならないぞ、というプライドがあった。

急に田舎の父や母や祖母たちのことが、思い出されてくる。懐かしくなってくる。そして、ここが戦場だというのを一瞬忘れている。

暗くてだだっ広い百里原だった。そこに小川も流れていた。町の名前も小川町だった。百里原航空隊は、数年前に出来ていた。数えきれないほどの先輩たちが、この航空隊から戦地へ飛び立っていた。

その頃、南方の基地で零戦撃墜王の一人、岩本徹三は、一機撃墜すると桜の花のマークを一枚愛機に貼っていた。彼は書いていた。

〈私の愛機の桜のマークも六十個に達し、前の飛行機のときに負けぬ数となった〉とある。ならば合計百二十機ではないか。嘘のような話であるが、仲間達が見ているので真実である。

班長は出撃が近くある。貴さま等も送るのだと話した。いよいよ百里基地の出番になったか。こちらは神風特別攻撃隊御盾《みたて》隊なのだ。

八月九日、北村中尉以下彗星艦爆一五機の出撃だ。オレ等は格納庫前に機を揃えるのだった。

一三日には平野中尉以下四機出撃した。帰還機はないのだ。これが特攻というものだ。給油は半分だ。帰還しないのだ。身軽の方がよいのだ。

八月一五日、彗星艦爆二機。指揮官は海軍中尉の谷山春男。夜間の出撃もあれば、薄暮の出撃もある。帽振れの命令はあっても、相手にその帽振れのオレ等の姿は見えなかったであろう。

何故、ここへきて連日のように出撃するのか。もっと早く出撃すべきであったろうに、どうしてか。

軍令部は敗戦宣告の日を知っていたからだろうと、今にして思えることだった。

その日の一二〇〇司令部前へ総員集合がかかった。

「これよりカシコクも玉音を拝聴する」

オレ等はなんのことかさっぱり分からなかった。玉音それ自体が重要な意味をもって、当方に伝達されない。

「解散！」

解散すると分隊士の一連が、松林の中の小さな幹に抜刀の技をかけているのだ。遣る瀬ない気持ちの爆発だった。

オレ等はこれを見て戦争に敗けたことを初めて覚った。

出撃命令を出した司令たちは、敗北を知ってのことだったのだろうか。

オレ等の仕事は隊内の書類や本や雑物を焼く仕事になった。ガソリンをぶっかけて焼くのだ。それから武装解除のため、残っている艦爆の機銃を取り除く仕事だったりした。

さらに松林の中に隠して置いたドラム缶を、トラックに積み、石岡の駅まで送る作業にかかった。

厚木基地から、零戦が呼びかけのビラを撒いて行った。

「戦いは続行する。立ちあがれ！」

檄文だった。

オレ等はそうだそうだと、ビラを見て喜んだ。しかしこれは一瞬の糠喜《ぬかよろこ》びに終わった。オレ等は、今後の日本は、どうなるのか、それが心配だった。

「天皇はどうなるのだろう」

「殺されるか、よくて捕虜だな」

「国体はなくなるということか」

「女はアメ公の国へ連行されるという話だ」

オレ等の想像は、つきなかった。

夜は松林で毎夜焚火した。夜になると焚火してもそう暑く感じない。

近所の村の立派な倉は、海軍が借り上げていた。そこに酒保があるのだ。酒だけではない。特攻兵士用の糧秣の全部が保管されてあった。その解放の許可があった。

オレ等は毎晩焚火を囲みながら、酒をのみ、甘い菓子を食べた。

自棄酒《やけざけ》だった。二十歳にもならないが一人前に酒を飲む。オレより年輩の奴等は得意になって模範を示したのだ。

オレ等は軍籍のある名誉ある最後の軍人だ。未成年という法は意味ないのだ、と主張したものだ。

オレ等は焚火を囲んで、お国自慢の話に夢中になっていた。その自慢は、食べ物だった。

北海道から来た奴は、魚を自慢した。いや、九州の海の魚の方が美味いと反論した。しかし歌になればみな一緒だったのだ。
歌は出まかせだった。

どこまで続く泥濘《ぬかるみ》ぞ
三日二夜《ふたよ》を食もなく
雨ふりしぶく鉄兜《てつかぶと》

一番しか知らないから、次に別の奴が大声で歌い出す。叫ぶように声をあげる。

勝って来るぞと勇ましく
誓って故郷《くに》を出たからは
手柄たてずに死なりょうか
進軍ラッパ聴くたびに
瞼《まぶた》に浮かぶ旗の波

待ちかまえたように、また別の仲間だ。戦友だ。忘れてならない戦友だ。

村の鎮守の神様の
今日はめでたいお祭日
どんどんひゃららどんどんひゃらら

疲れてくると最後は「海行《ゆ》かば」になるのだった。

海行かば
水漬《みづ》く屍《かばね》
山行かば
草むす屍
大君の
辺《へ》にこそ死なめ
かえり見はせじ

終って一同シュンとなる。泣き出す奴もいる。
「血肉分けたる仲ではないか」と歌った。「離れ離れに散ろうとも」と歌った。

そして、悔《くや》しくて悔しくて、オレ等同期生は我慢できず、ついに啜り泣く羽目に落ち込んでしまうのだ。雨の夜を除き、毎夜のことだった。

オレは真剣に「国体はどうなるのか」と心配するようになっていた。

隊内は日を送る毎に、淋しくなって行った。

オレ等の復員命令は、まだなかった。

武運長久と言葉をかけられたり、生きて帰ってこい、と激励された。しかし当のオレは死んで帰るものと覚悟していたのだ。先輩たちが特攻隊員になって死んでいる。「後に続け！」と、言われていたオレ等だった。だから当然死ぬつもりの軍務だった。いくら敗けたからといって、おめおめと村へ帰る訳にはいかないのだ。これは恥だ。御盾隊を送った者だ。

空は静かになった。グラマンもシコルスキーも姿を見せない。オレ等は黙黙としながら、武装解除の作業にかかっていた。

海軍の航空隊は、完全に日本から消えたのだ。

やはり行く所は故郷の村でしかないのか。奈良空で別れた台湾の同期生は、何処へ帰って行ったのだろう。台湾は日本領ではなくなった。ＡＢＣを教えてくれた、中三生の彼のことをオレは思った。オレには故郷がある。故郷を失った奴は、何処へ行けばよいのか。親たちが台湾へ渡る前に、この内地の何処かに本籍はあるのかも分からない。オレは自分の心配を忘れ、彼のことで気を配っていたのだ。

オレ等の復員は初秋になった。しかし嬉しくなかった。班の同期生と別れるのが辛かった。荷物も重いが、足の方がもっと重く感じた。夜を目指して、帰る計画を立てた。白昼に村中は歩けない。

オレは遠くの駅から歩いて、暗い夜中に村に帰って来た。

懐かしい感覚は微塵もなかった。家族の者たちは、何時帰って来るかと、毎日話し合っていたと告げた。オレが百里原基地にいることは、一度だけ出した手紙で知っていた。

オレが生きていると信じていた。

「よかった。よかった」

の繰返しだった。親父の信厚は、早速仏壇の前で読経を始めた。信心深いのだった。

オレは三度の食事以外は、倉の二階にもぐり込み、誰とも会いたくなかった。

暗い一六燭光の裸電球の下で暮らしていた。

戦争に敗けても、父と母は田や畑へ出て行くのだった。農民は、百姓は、軍人より強い、とオレは思った。二階の小さい窓から働く父母の姿を不思議な眼で見ていたのである。

「バチ当たり」とオレに向かった祖母の言葉は、敗残兵になったことを指してもいたか。

オレはもう一度、バチ当たりについて考えようと倉の二階で想いを巡らせた。ものを考えるには、薄暗い方がよかった。

オレはもう死んだも同じだった。

第五章

日米関係はハワイ空襲の大成果で、国民は熱狂していた。大本営海軍部の海軍報道部は、空からの大成果ばかりか海からの成果の発表も報道した。

岩田豊雄は「小説『海軍』を書いた動機」を次のように述べていた。

〈大東亜戦争というものがなかったら、僕は、恐らく『海軍』という小説を書くこともなかったろうと思う。

ハワイとマニラの戦いは、故国空前の大戦到るという意識と共に、僕の胸に劇薬で灼《や》いたように、灼きついてしまった。僕は海軍に何のゆかりもない素人で、戦争のことは書けないにしても、自分の感激をそのままに放置し難かった。僕は、『海軍』について、何かの小説を書こうと決心した。

そのうちに、特別攻撃隊の軍神の事跡が発表になった。九柱の軍神を、全部書いてみたいほどの感激を受けた。しかし、一巻の小説として、それは無理だった。僕はやはり一人の軍人の人となりを、深く掘る方がいいと思った。

しかし、僕はただ伝記を書くのは、小説家の任に非ずと思った。軍神を生んだ『海軍』をテーマとする方が、より適当だと思った。そして、九軍神の生地を調べてみると、一軍神のそれが、最も海軍に縁故が深いように思われた。その軍神の生地は、大きな水軍をもっていた大藩であり、帝国海軍に幾多の名将を送った土地でもあるので、軍神の生い立ちを書くうちに、その郷土を書くことによって、海軍の歴史を書き込むことができると考えて、構想の大体を定めたのである。そしてまた、帝国海軍の精神については、軍神の海軍兵学校時代を書くことによって、果たされると思った。

だが、兵学校が海軍士官をつくり上げる働きの全部でないことは僕も知らないではない。艦上生活、殊に実戦の経験ということが、どれだけ重要なるかは、いうまでもない。しかし、僕が小説『海軍』の主人公が、遠洋航海以後、如何なる艦上生活をし、また如何にしてあの立派な戦死を遂げたかという経路に、全然触れなかったのは、一つには素人の想像の及ばざることでもあったからだが、主としては、現在がまだ戦争遂行中であり、機密に触れることを許されなかったからである。

そこで僕は、そういうことの説明係として、副主人公を置くことにした。副主人公を通して、読者に、許される限りのことを伝えたいと思った。そういう理由で、非常に隔《かっ》靴《か》掻痒《そうよう》の感があるかも知れないが、現在としてはやむを得ぬことである。天がもし僕に寿命を籍《ゆる》せば、戦争終了後に於いて、小説の後半を書き足《た》すこともできる〉

岩田は後半を書き足すことにはならなかった。また、如何にしてあの立派な戦死を遂げたかという経路に、全然触れなかったのは、一つには素人の想像の及ばざることだとも書いていた。

特別攻撃隊の軍神の事跡が発表になったとも書いてある。

岩田はこの発表をこのように信じ感動して書いたのである。しかし、この発表はまったくの偽りだったのだ。大本営の報道部は、なんというみごとな虚報、なんという嘘を捏《でっ》ち上げたものか。国民を大本営発表として騙したのである。狂気の沙汰でしかない。

報道部は空軍の大成果ばかりか、海軍の海軍たるべき本来の艦艇の成果も並行して発表する必要を、無理を承知で捏造したのである。事実は真珠湾に潜航した特攻隊は、成果を挙げることなく全滅したのであった。

この全滅を報道部が発表できる訳ではなかった。成果を挙げることもなく戦死した者たちをこともあろうに軍神に仕立て、軍神に仕立てるために二階級特進までさせた倨傲《きょごう》の軍令部を、岩田は許すことは出来ない筈だった。戦後、獅子文六と筆名し、再出発したのも当然だった。

迷惑だったのは九軍神、九柱だった。軍神どころの話ではない。作者と共に九柱の該当家の立場はがらがらと崩れ、無残にも喪失した。

大本営発表の戦果は、まったく信用できなくなった。すべて敗戦したから分かったのだ。

長い長い昭和一四年間戦争だった。

大君の大みいくさのあらむ極み
十年百年あに否めやも

斎藤茂吉の心意気は分かるが、現実が百年も、さらにもっとながく続くものではなかった。一四年間は、じつにばかばかしいほど長かった。

晶三郎も関人《せきじん》も三朗《みつお》も戦争時代に生きた者達だった。戦争と共に成長していたのだった。しかも「みいくさ」ではなかった。

聖戦でなかった戦争参加が、晶三郎の胸を痛めていた。天皇は天皇の位から退位せよ、という論調が世相となっていった。

基地で国体を心配した晶三郎だったが、もうそのことも忘れ去っていた。

天皇は、神ではない、と国民に宣言した。世の中は手の平を返す諺通りになった。

天皇制軍国主義の日本の政治は、民主主義思想の政治に転換したのであった。日本を支配していたのは、マッカーサー司令部だった。

晶三郎は新聞を見る力もなかった。薄暗い倉の二階で、ただ無為に過ごしていた。まさに死んだように生きていた。外部には一歩として出ない。近所の者たちと顔を合わせることを避けていた。

二階に親父が結核にかかった時に読んだ書籍があった。棚を覗いて、手にした本もまた元の所にすぐ返す始末だった。

書棚にはあの世界思想全集もあった。徳富蘇峰とか弟の徳富蘆花の名は『不如帰《ほととぎす》』の話を通じて知ってはいた。夏目漱石の本は、岩波文庫より一まわり大きいものばかりだった。布張りの本だった。武者小路実篤のものもあった。トルストイの翻訳本などもあった。厨川白《くりやがわはく》村《そん》の恋愛論もあった。背文字の恋愛にひかれて取り出して読むのだが、難しい内容で裏切られる思いであった。

青春時代の信厚がどんな気持ちで、こうした本を読んだか、想像はできた。晶三郎はまだその時の親父の年齢に達していなかった。まだ一六歳にもなっていなかったのだ。

親父の本棚には、信厚の希望と絶望が詰まっていた。当時は栄養と安静しか肺病に勝つ方法はなかった。教師人生への希望は、絶たれた。大きな絶望でしかなかった。贅沢な病気だった。一家の収入が、信厚の生活費になってしまう。そのことを知りながらも、信厚は本を買って読んでいたのだった。

この青春の苦しみは、晶三郎にも今になって理解できる。三度三度の食事を母屋でとる。

それだけだった。家族への手助けをしないのだ。晶三郎にあるのは脱力感だけだった。なんの意欲も湧いてこないのだった。

両親は黙っていた。親父には息子の今の境遇が理解できるのだった。自分の青春時代のことを思うことが出来たからだ。

「無理もないよ。そっとしておけ」

と、信厚は聖代に言うのだった。聖代には若い頃の信厚のことが詳しく分からない。妻は同意する他はない。

「そうですね」

の、一言につきた。

秋の取入れの一番忙しい時でも、晶三郎は田畑に出て行かない。倉の二階から田圃で働いている父母の姿を眺めていた。手助けという労働に対する罪の思いがなかった。

仕方なく一六燭光の暗い裸電球の下で、信厚の読んだ本に次第に手を出すことになるのであった。本が面白くあってもなくても、そのことで一日、二日と日を消して行った晶三郎だった。

高射砲隊から復員した兄は、栄養失調が原因で亡くなった。

思うことは、奈良海軍航空隊の生活だった。また百里原海軍航空隊のことだった。儚い夢のように思えた。司令や分隊長はどうしているだろうか。戦死しただろうか。百里原航空隊の整備の一等兵曹は生きているか。

石岡の駅で別れたからだ。

晶三郎が『海軍』を読んだのは高一か高二の時だった。なぜ書いたのかの随筆を読んだのもその頃であったと思う。その頃の岩田の動向が書いてあるのを見たのは、それから四〇年前後たってからであった。『海軍の昭和史』に杉本健が書いたのを発見したからだった。

〈報道班員には、新聞、通信記者だけでなく、名の売れた一流の作家や画伯も名を列ねていた。

真珠湾攻撃で、〝鬼神も慟哭する！〟と太平洋戦争ではじめての〝軍神〟となった特殊潜航艇については、翌年の三月六日には大本営発表があると、時が緒戦戦期だったこともあり、国民の間に感激の渦をまき起こした。

作家の獅子文六が、自ら進んで「実名の岩田豊雄でぜひ連載小説に書かせてくれ」と朝日に言ってきた。私は岩田がフランスの近代劇を翻訳していたのを読んだことがあるので、この話は題材から考えても意外に思ったが、岩田はたいへんな意気ごみで、とうとう話は決まり、『海軍』という連載ものが、七月一日から十二月二十四日まで百七十六回つづいた。挿絵は中村直人《なおんど》だった。松竹では田坂具隆《ともたか》の監督で映画化した〉

気負った岩田はまったく無かったことを大本営を信じて書いた。つくられた九軍神こそ気の毒だった。罪は大本営にあった。歌人は率直だった。佐佐木信綱は、「天つ日の御かげただす玉ゆらに真珠湾の波光むなし」と。土屋文明は「大勅のまにまに挙る一億を今日こそ知らめアメリカイギリスども」と。詩人でもある前田夕暮《ゆうぐれ》は、天皇の戦争宣言の日に「対米英宣戦の大詔渙発せられ決意あらたに空をみた」と、また続けて「眼の前の草にいう木にもいう大詔渙発のかがやかしを」と声たからかに歌ったのだが、今振り返ってみると寝言にも劣ったものばかりだった。

当の晶三郎の海軍志願への志の気持ちと寸分違ったものではなかったか。

思えば思うほどに、虚しい地獄であった。

天皇の人間宣言は、早晩あるらしい雰囲気にはなっていた。しかし、本人自身、朕は神ではない。オレは人間だ、というのを知れば、また虚しくなる。国体は崩壊し、新しい国体はマ司令部のように映った。

戦争宣言をした天皇へのバチ当たりというものであろうか。天子の理屈からすればこうなる。晶三郎は倉の二階で考えていた。

バチ当たりというのは、時間の経過のあとに発生するものだと、天子《てご》は説明した筈だ。奈良海軍航空隊で体験した同期の連中のうけた罰直と、どこが違うのか。時間の経過はない。即座にバッが襲いかかるのだ。直ちにバッが襲ってくるのだ。だから罰直だ。

バチ当たりというものは、見えるものではないと思い続けてきた。この考えは間違っていたのか、と晶三郎は整理しようとする。

頭の中は空白状態だったから、何の発展もないのだった。

そしてまた一日が過ぎて行くだけだった。

「韮崎中学校でも峡北農学校でも好きな方に入学できるそうだ」

と、信厚が晶三郎に言った。一一月になっていた。なんのための入学かと訝《いぶか》しく思うばかりだった。いまさら、なんのために、と晶三郎は聞き流していた。軍へ志願した陸海の少年兵は無試験で、入学できることになったのだ。

仮に入学するにしても関人のいる中学に行くのは気詰まりがある。当分は会いたくない。農業を将来するつもりもないので、農学校にも行きたくない。だが、いつまでも三食だけ食べ、あとはお倉生活もよくない。健康上としてもよくないのだ。

晶三郎は、ついに重い腰を上げる他はなかった。自転車で通学するのである。復員組として一クラス分開放されていた。郡代表で県営グランドで共に走った奴もいた。別に懐かしい訳でもない。

学校の課業はすべて満足の欲求から遠かった。学業に身が入らないのだった。自転車で登校し、登校したらもう下校のことばかり気にしていた。遠路のせいである。

学業の中で、学科の中で、あえていえば憲法の時間、憲法の授業の時は真面目に受けていた。

民主主義とはどういうものか。憲法にその思想があるからであった。教師は、陸軍将校の軍服を着ていた。襟章がもぎとられているだけであった。予備学生あがりの将校であった。大学を中途で軍隊の道へ命令で進んだくちである。志願ではない。強制であった。気の毒であった。しかし教師は水を得た魚のように、元気で講義するのであった。見れば教授資料のノートには、新聞の切り抜いたものが部厚くはさみ込まれてあり、加えて新刊の雑誌も必ず数冊かかえて教壇に立つのだった。大きな空咳を一つ二つしてから、説明を始める。ああ、海軍だったら「聞け！」で始まるのに、と晶三郎は思い出す。

もう日本には、軍隊は消滅して、無い。

憲法の九条の第二項に、陸海空軍を保持しないと書いてある。もう軍隊をつくることはないのだ。兵役の義務はないことになった。

第一項には日本は戦争しないと書いてある。

晶三郎は思う。戦争しないから軍隊はいらないという考えか。

第二項からすれば軍隊がないので戦争は出来ない、そういう意味か。

日本は戦争を永久に放棄する、と書いてある、第一項にそう書いてある。それでありながら第二項に軍隊は保持しない、など書く必要はないではないか。

変な憲法だと思った。このように永久に戦争しないと決めた憲法だから、これをあえて平和憲法だ、と教師は力強く説明するのであった。

晶三郎は思った。

「相手国が攻め寄せて来た時、日本はどうするのだろうか」

と、質問してみた。

「国際紛争の場合は外交です。話し合いです。民主社会は、話し合いでものごとは解決するのですよ。相手も国際的平和を知っている。これが二〇世紀。第二次世界大戦で学んだ、人類の知恵だ」

晶三郎には理解できなかった。教師も分かっていないので、なにやらの新聞か雑誌の中から読み取った説を述べているにすぎない。戦争直後の教育内容は、この程度のものであった。攻めてくる相手。日本に戦争をしかけようとしている国。そんな国を想像することは当時不可能だった。

日本国憲法が日本製のものではないことは、誰もが知っていた。アメリカのマ司令部の手によるものであることを。

国家の主権の問題などはない。手近の参考書を見ると、最初に出てくるのは、統治機構の基本原理になっている。

国民主権とか人権という言葉が出てくるのだ。国の主権はないが、国民、つまり人権は尊重されるようになった。これが民主主義というものだ。

憲法は第一章天皇（第一条〜第八条）から始まる。憲法に前文というものがあった。この「前文」という奴は法的な力があるのか。条文に入れることが出来ないのかどうか、ここに主権という文字が一つあるのだ。前文は日本国民の覚悟とか誓いのようなものとして学んだ。

〈われらは、いずれの国家も、自国のことのみに専念して他国を無視してはならないのであって、政治道徳の法則は、普遍的なものであり、この法則に従うことは、自国の主権を維持し、他国と対等関係に立とうとする各国の責務であると信ずる。

日本国民は、国家の名誉にかけ、全力をあげてこの崇高な理想と目的を達成することを誓う〉

宣誓は国内向けのように読める。否、外国向けのようにも読める。

憲法に前文の宣誓がなければ、日本国憲法にならなかった事情があった。

憲法の時間は教師に教える自信がなく、受ける生徒には興味があった。

晶三郎の通学は、惰性的だった。時間的に部活動は不可。親父の信厚が学んだ師範学校へ進むのが一番無難だった。その時がもう来ていたのである。農大とか県庁とか、卒業後の進路の話題のある中で、授業料皆無の進学先は師範学校しかなかった。そこなら両親も許す。親父の母校だ。

晶三郎は教師になるつもりはまったくなかった。親になるべく負担をかけたくなかっただけだ。

心配していたものの幸い合格した。晶三郎は入学式の校長の発言で、心に針のささる思いを忘れていない。

「日本の復興のため、立派な教師になるのだ。国家はそれを諸君に求めている！」

日本国憲法の前文のように国際社会はなっていなかった。間もなく朝鮮戦争が始まったからだ。授業料が無料というのは、教師になるのが義務ということであった。卒業すればいやでも教師にならなければならない。針のささる思いとはこのことだった。

復員し、倉の二階でのはっきりしない模糊とした思想らしくない思想の尾を、晶三郎はいまだに断ち切っていなかった。

甲府駅から学校までの距離は長かった。奈良空時代のあの健脚はどこに消えたのか。体が重い。思いも重い。足はさらに重い。

古本屋で『重き流れの中に』という本を手にした。読み出すと彼は、オレに似たような男がそこにいると感じた。オレは重き流れの中に、流されているのではないのか。そしてオレは、その古本を買ったのだ。書いた人物は椎名麟三《しいなりんぞう》。初めて知った名前であった。

読み終わった時は、感動の衝撃でものも言えなかった。そして気がついた。この作者のように自分の思想を、物語として書くべきことだと知った。今まで模糊としていた頭の中が一陣の風によって吹き切れた。惰性的生活がやっと改まった。オレの本当の主体はなんだ。

オレは三人の同志をやっと得たのだ。一人は甲府中学から、二人目は日川中学から、三人目の友は農林から入った同級生である。四人集まって話し出すと、自然に文学の話になった。朝鮮戦争の話になった。オレは同人雑誌を作ろうと提案し、雑誌の名前を「新抵抗」と決めた。

甲府中学と農林学校からの友は詩人になった。日川中学からの友は、雑誌に二回短篇小説を発表しただけであった。彼は弁舌としての文芸評論家で消えて行った。

甲府中学からの友は太宰治の文学に足をすくいとられ、詩境の中に迷い込んでしまった。農林学校からの友は詩を死ぬまで離さなかった。そして立派な詩集一冊を残して死んだ。オレはどうであったのか。オレは「新抵抗」を数号編集し、つたない小説を書いたが友人からの反響もなかった。

オレの峡北農学校での思い出は憲法が頭に残っただけだ。そしてオレの師範学校の思い出は「新抵抗」として残った。なんという無学の学生であったのだろうか。

晶三郎はその自分自身に呆れ返っていた。

卒業したオレの就職先の中学校は、八ヶ岳山麓の清里高原にあった。椎名麟三と文通のできる関係になっていた。

「そちらに仕事のできるような宿があるか」

と、戦後文学界の大家からの問であった。

「あります。あります」

と、オレは嬉しさを堪《こら》えて応じた。勝手に決めたオレの師は、約束通り清里へ来た。彼は清里駅近の宿、清里館に泊まった。

オレは学校の仕事が済むと、清里館へ通った。椎名麟三は鉛筆で大学ノートへ書く。一枚書き終わるとこれを破り、オレのいる階下へ持ってくる。オレはそれを原稿用紙に清書する仕事だった。少年時代愛用した肥後守の名は、肥後王になっていた。鉛筆はこれで削るのだった。

椎名麟三が清里で書いたのが『自由の彼方で』であった。彼の代表作となった。そして戦後日本文学史上の問題ともなった。オレはこの仕事に陰ながら手助け出来たのを誇り高く思った。

オレは椎名麟三の推薦で新日本文学会に入会した。会が発行している「新日本文学」はすでに百号になっていた。オレはこの会で何人もの文学者達を知ることになった。

会員ではないが詩人田村隆一の詩に遭遇した。「立棺」という長い長い詩だった。第一楽章、第二楽章、第三楽章のように構成されている。田村は戦争中予科練の教官だったこともあった。オレは身近に思ったものだ。オレは田村の詩の世界に住んでいた。第二楽章だけは、知って貰いたいと思うのだ。

この詩はオレの気持ちなのだ。オレの分身だ。

わたしの屍体を地に寝かすな
おまえたちの死は

地に休むことができない
わたしの屍体は
立棺のなかにおさめて
直立させよ

　地上にはわれわれの墓がない
　地上にはわれわれの屍体をいれる墓がない

わたしは地上の死を知っている
わたしは地上の死の意味を知っている
どこの国へ行ってみても
おまえたちの死が墓にいれられたためしがない
河を流れて行く小娘の屍骸
射殺された小鳥の血　そして虐殺された多くの声が
おまえたちの地上から追い出されて
おまえたちのように亡命者になるのだ

地上にはわれわれの国がない
地上にはわれわれの死に価いする国がない

わたしは地上の価値を知っている
どこの国へ行ってみても
おまえたちの生が大いなるものに満たされたためしがない
未来の時まで刈りとられた麦
罠にかけられた獣たち　またちいさな姉妹が
おまえたちの生から追い出されて
おまえたちのように亡命者になるのだ

地上にはわれわれの国がない
地上にはわれわれの生に価する国がない

オレは直感する。あの百里原海軍航空隊でのことだ。松林の中での焚火だ。自棄糞《やけくそ》の合唱だ。同期の連中はみな思っていた筈だ。なにを思って歌っていたのか。予科練の教官と同じことを思っていたのだ。この詩を知って昔を思い出す。生き生きと蘇るのだった。この詩からオレは田村隆一を意識するようになったのである。

その頃、オレは予科練雄飛会山梨県支部の事務局長になっていた。護国神社境内に予科練の記念碑を建立する事業があった。除幕式にオレは先輩の長峯良斎を招待した。彼は本会のみならず海原会設立の貢献者だった。「予科練の碑保存顕彰会」の会長でもあったからだ。むろん海原会の会長の任にあった。海原会は甲・乙・特乙・丙のオール予科練の生き残った者達の会であった。

オレは彼の『死にゆく二十歳の真情』を読んだ。オレは海軍関係者の人たちの中で、彼を最も尊敬していた。ここに彼の略歴を明記することにした。

〈ダバオであ号作戦、台湾沖海戦、レイテ沖海戦に参加、哨戒索敵において幾多の激戦に遭遇しながら沈着なる判断と熟達した技量で死線を乗り越え戦果を挙げた。二〇年三月に詫間海軍航空隊より神風特別攻撃隊菊水部隊梓隊に編入され、南洋諸島のウルシー島に在泊の敵機動部隊を目がけて特攻攻撃する銀河隊二四機の誘導を命ぜられて発進。その大任を果たした直後、敵地上空で一番エンジン（四発のうちの一つ）が爆発停止し、死力を尽くして失速寸前のふらふら飛行すること二時間、ようやく味方領内のメレヨン島にたどり着き不時着、飢えを凌ぎ生還、まさに奇跡〉

数数の武勇伝もあった。内地に帰還中途、某基地に機長として着陸した。懐かしい先輩がそこにいた。内地は酒保は不自由らしいと機内に酒を置いた。その酒を二人で飲んだ。一本では足りず二本を倒した。二人は眠り込んだ。当直兵は当直将校に報告する。当直将校が起床しない二人を引きずり出し、近くの椰子の木に縛りつけた。長峯はやっと眼が醒めて、紐を解いた。

「二人とも軍法会議だ！」

と怒った当直将校は、抜刀しながら叫ぶ。長峯の部下の搭乗員達は出発時間なので、機の前に整列していた。そこでこの様子を見ていた。先輩はまだ深い眠りの中だ。

「切ってやるから眼を醒ませ！」

と当直将校は怒っている。長峯良斎の心が黙っていなかった。とかく上官の命令に不条理がある。このことが心に詰まっていた。見ず知らずの上官の中尉だ。

「切れるものなら、さあ、切ってみろ！」

と、長峯は大声で言った。逆に怒る相手を叱ったのだ。そこへ司令までが出てきた。司令が出てきたので、当直将校は刀をおろした。長峯良斎は、昨夜飲んだ顚末を司令に話した。

「自分を軍法会議にかけてもよい。だが、この先輩は自分のせいで酔ったのだから、罪はない。司令の好きなようにしてほしい」

「貴さまの出発時間は何時だ。部下が整列しているのではないか。悪いようにはせんから早く行け！」

長峯良斎は、その後の先輩がどのような処罰をうけたのかはまったく知らない。

除幕式に現れた長峯良斎は、長身だった。精悍だった。剛毅に映った。しかし紳士だった。彼は予科練碑の前で、オレ等を高く評価した。事務局長のオレは嬉しかった。田村隆一の詩からオレは長峯良斎のことまで話さなければ気がすまないのだった。妻の癌の戦いも、戦場である。『奇跡よ妻に起れ』という一冊の本を書くほどの愛妻家でもあった。

夜間着水は禁じられていたのに、新米の彼は自惚れと過信のために、二式飛行艇の夜間着水に失敗した。機は大破炎上。失神。島の人に助けられたのだ。こうした大失敗をしていた長峯良斎だった。他人には言えない失態もあった長峯だった。

敗戦。この姿で故郷へおめおめ帰る訳にはいかない。彼は壱岐の島で漁業を習い、漁船に魚を積み込み横浜港に行く。法律違反の大きな闇商売だ。生地の知人たちに魚を分け、儲けさせた。自分の儲け分は乙種予科練の雄飛会に寄贈した。余力はある。彼は甲・乙・特乙・丙などオール予科練を糾合し、海原会の創建の最有力者となった。海原会は土浦に資料館としての雄翔館を建設。現在資料館の公開は好評。また一方機関紙月刊「予科練」の発行は彼の意志が今に生きている。太っ腹の男であった。

護国神社での予科練の碑建立除幕式に来甲した彼を見た時、オレはああ葉隠武士だと思ったものだ。立派な特攻隊員の生きのこりの姿だと思った。「身を捨ててこそ浮かぶ瀬もあれ」の精神の男だと思った。山岡鉄舟の生き様だ。無刀流の開祖の言葉だ。山岡は江戸から敵中深く単身入り込み駿府城にいる西郷隆盛に面会した。江戸を戦場にするな。江戸城は明け渡すと海舟と共に約束した。ウルシー攻撃の長峯良斎に似ている。しかも長峯の機は図体だけが大きい案内役だ。まさに無刀流ではなかったか。山岡の武士道が、どうして無刀流がいいのかを沢庵禅師が説明していた。

〈心をどこにも置くな。一切にとらわれるな。そうすれば、たとえこちらに刀がない場合でも相手の刀を奪って斬り返すことができる。つまりどうすれば自分の身を守り、生き抜くことができるかということだ。生き抜くために執着することではない。大事なことは、ただ無心になって、人間本来の生きようとする自然な意気の姿を取り戻すことを教えている。一言でいえば不動心だ〉

オレには、ここでいう、「無心」という真の意味が分からないのだった。本当に人間は無心になれるものだろうか。駿府城を目指す山岡鉄舟は無心であったのだろうか。ウルシーへ攻撃をかける長峯良斉は無心であったのか。きっと、何か考えていたに違いない。そうオレは思ってきた。すると、どうしたことかオレは師範学校で哲学史を学んだ古代ギリシアの哲学者たちの、あの人この人たちが、無邪気な友だちのように浮かんできたのだった。彼等はギリシアの神話は捨てて、学問を考え始めた。学問のテーマは何か。天地万物の本源は何かというのだ。タレスという哲学者はギリシアの哲学者の最初の人で、本源は水だと説明した。次にアナクシメネスという男は、万物の始原は空気だ、それも無限にあると論じた。ヘラクレイトスという男は、火だ。これが世界の根本原理だと主張した。これが哲学というものか。

そのうちに根本原理は、一つではない。もっとある。水や火や空気を含めていけば、当然多元論になっていく。神話はさて置きと言っての哲学だったが、古代の哲学史家ディオゲネスによれば、タレスは万物の始原は水であり、世界は生きたもので、そこに神神は満ちている。四季の区別もあった。しかも彼はバビロニアやエジプトの学問に通じており、実際に日食をも予告した、と言うのだ。

水だけを書いた哲学史は罪だと思った。しかも、火だ、水だ、空気だと主張していた時代はなかなか単純すぎてかえって想像しにくい世界であった。深刻というより無邪気に思えた。

神というその存在にしても、天皇の人間宣言以来、オレはとくに神の存在を思うこともなかった。祖母天子のバチ当たりは、多分神を想定したものに違いない。神など見たこともないオレは、この天子の叱正を恐れてはいなかった。見えないものを信ずることは、弱者の思想だと決めていた。見るものではない、と主張していた寺の関人は、神仏の存在を恐れていたからだろう。とすれば彼は神仏の存在を早くに認めていた証拠であったのだ。

オレは晩熟《おくて》であったのか。餓鬼だったのだ。

晶三郎は清里高原の学校に数年間在職した。この間、小諸のある詩人と交流した。生徒たちとスキー場を開設した。そこで県下のスキー大会をした。最初は手製のスキーだった。大会での成績がよくなるに従って、親たちは本物のスキーを買い与えた。そうなればさらに成績は向上した。県下で優勝したのは、富士山麓のスキー場だった。校歌の制定もした。作家の中村星湖《せいこ》が快諾した。高原を降りたところは、甲府盆地の学校だ。

晶三郎は結婚する気になった。妻になる女は絵の好きな教師だった。晶三郎も彼女も結婚を決めたが、挙式までは四年後になっていた。決めてありさえすれば急ぐ必要はない、というのが晶三郎の考えであった。妻になる女もそれに従っていた。三年、四年あたりになると周囲の誰彼となく、きっと破談になったのだろうと噂するようになった。

その噂を聞くと、オレたちは、楽しくなり、嬉しくなり、そして喜んだ。オレたちは婚前時代ほど楽しいものはない、と考えていたからだ。

婚前時代であった。某戦友が山深い所にある仙太郎温泉を紹介してくれた。夫婦二人のための温泉で、客を取るようなものではなかった。戦友の親戚筋であったので、晶三郎は彼女と共に仙太郎温泉に出向いた。山を流れる小川の水で発電していた。

発電用の水車は油が切れて悲鳴をあげる度《たび》に、宿の電気は暗くなるのだった。明るくなったり暗くなったりするたった一つの部屋である。湯殿も粗末なものだ。自炊でないのが助かった。山仕事を生業《なりわい》としている夫の妻が、食事を運んでくれた。何日、そこに彼等はいただろう。

女は絵を描いて過ごした。晶三郎は『孤独な散歩者の夢想』一冊を持って来た。

『重き流れの中に』に注目したのは、救いになると思って求めた。オレは重き流れの中でどうしてよいのか、前途に希望はなかった。今は違う。晶三郎は孤独ではなかった。愛すべき女と一緒だ。不平は言えない。満足の日日である。それ故にこそ、孤独な散歩者に興味が湧いた。彼は何を夢見るのだろう。そんなつもりで、新潮文庫をポケットに入れて来たのである。著者はルソー。訳は同県人の青柳瑞穂だった。ルソーは自分のことを次のように書いていた。やはり神のことから始まっていた。

〈良風と敬神が重んじられている家庭に生まれ、程経て、叡智と信仰にみちた牧師の家で優しく育てられた僕は、いとけない頃から、種々の教訓や格言の類を授けられたのだった。他の人達なら仮説だと云いそうなものばかりだったが、それでも、僕の一生を通じて何かと役立たないことはなかった。未だ、ごく幼くして、自分自身に没頭したり、人の愛撫がほしかったり、虚栄心にかられたり、大望につられたり、窮乏に追いつめられたりして、僕はカトリックになったことはなかったが、併し、常にキリスト教徒だった。やがて程なく、習慣にまけて、この新宗教に本心から帰依するようになった。そこへもって来て、ヴァランス夫人の教訓や鑑戒《かんかい》が、僕の帰依をいよいよ鞏固《きょうこ》ならしめたのである。青春の盛りを過ごした田舎の閑寂な生活や、全身うち込んで没頭した良書の勉学のため、さなぎだに愛情深く生まれついた僕の天性は、彼女のそばにあって、いよいよ育成されたのだった〉

晶三郎はヴァランス夫人とは、どんな女、ルソーとどんな関係かに興味を持った。しかしこの一冊の文庫本を理解するためには、晶三郎の知識が少なすぎた。彼女のいない粗末な部屋で読むのだが、難解のために読書の喜びは少しもなかった。

ところがこの一冊の読書体験が晩年になると晶三郎の考えを変えていくのであった。ルソーは孤独でもなくまた湖畔で夢みるような単純な男ではなかった。

妻になる彼女の絵は、むろん最初は写生画だった。渓谷に咲いた花を多く描いていた。一輪咲いていても花は花。人から無視されるような花、晶三郎の知らない草花などを描いていたのだった。二人の短い夏の青春だった。

春、彼岸の中日、二人は結婚式を挙げた。新婚旅行は当然、主が奈良であった。従が京都だった。一五年も前に奈良の航空隊にいたので、その跡を訪問したくなる晶三郎だった。しかし昔の隊の面影はまったくなかった。

寺寺を参詣することになる。妻は寺が好きだった。仏像の如来とか菩薩とか明王だとかに詳しかった。楽しそうに晶三郎に説明するのだ。妻は奈良より京都の寺寺が好きであった。

空襲のなかった奈良も京都も昔のままで、奥ゆかしい感じがした。戦前奈良で仏像など研究していたアメリカ人の美術史家ウォーナー博士が、大統領に何回も懇願し、空襲を止めさせたことも、晶三郎はウォーナーを知っていた作家の作品で知った。

勤務しながらも妻は、百号という大きなキャンバスに向かって油絵を描き、所属する会の東京展に出品していた。出産、育児、主婦、そして学校勤務とじつに多忙だった。

晶三郎は組合の教文部長から書記次長、そして書記長の仕事から逃げることも出来ず、組合活動も続けていた。組合から国会議員や県会議員を送り出す選挙活動は、きびしいものだった。

組合員からの闘争資金を集めなければならない。当選させるためには、脱法ギリギリの活動も展開しなければならなかった。責任者として、警察へ出頭し、調書をとられたこともあった。そんな時、晶三郎は、「オレは一度百里原海軍航空隊で死んだ人間だ」と思うことで、萎えてはならないと奮起したものだ。

候補を夜間連れて広い郡下を歩き回って、靴一足を履き捨てたほどだった。候補が当選すればすべての苦労も吹き飛ぶのだ。

しかし、当選を信じ赤飯まで選挙事務所では用意しても、落選することもある。責任者には、落選した候補とは違った苦しみがある。力量不足が自己自身を苦しめるのだ。

「捲土重来《けんどちょうらい》！　必ず捲土重来！、四年後の再度挑戦の必勝を誓って……」と泣きたくなる。四年後、オレはまだ書記長の任にあるやも知れずなのに、言葉が口から流れ出る。そして教員の選挙活動は、公務員法で締め上げられていくばかりだった。

一九六〇年の日米安全保障条約改定の反対運動のことも忘れてはならない。その時、晶三郎は結婚したばかりの頃だった。自由だった。

晶三郎は「台風」という個人雑誌を発刊し、これに、反対の論文を書いた。

六〇年日米安保条約における「地位協定」の前身にあたる旧条約における「行政協定」の前文を読んでみたい。地位協定の前文は、事務的形式だけで具体的内容はない。

〈日本国民及びアメリカ合衆国は、千九百五十一年九月八日に、日本国内及びその附近における合衆国の陸軍、空軍及び海軍の配備に関する規定を有する安全保障条約に署名したので、
また、同条約第三条は、合衆国の軍隊の日本国内及びその附近における配備を規律する条件は両政府間の行政協定で決定すると述べているので、
また、日本国及びアメリカ合衆国は、安全保障条約に基づく各自の義務を具体化し、且つ、両国民間の相互の利益及び敬意の緊密なきずなを強化する実際的な行政取決めを締結することを希望するので、よって、日本国政府及びアメリカ合衆国政府は、次に掲げる条項によりこの協定を締結した〉
締結させられた日米安保条約は、日本が国家主権をまさに放棄した、いや放棄させられた最大な恥辱の約束なのである。憲法前文にある対等の「主権」を維持できる訳がないのだ。あれは死文だ。
新安保条約の地位協定は全二八条。内容は日本の従属を明示したものである。ああ、ついに日本は奴隷国家に成り下がったか。悲嘆するだけである。
六〇年反安保の闘争は日本人の独立心と自律の行動だった。しかし、むなしく前進はなかった。言葉は日米の「きずな」など心にもない表現もあるが、晶三郎は日本は間違いなく奴隷化されたと理解した。数えきれないほどの米軍基地はすべて米国領ではないか。その基地

の軍人のみならず家族の面倒をも日本国はみるというのだ。

関係改善は遅遅として進まない。同盟などといいながら、むしろ事実は悪化している。たとえば沖縄を見れば誰にもわかる。相手に「ノー」と言えない日本である。この条約について話し合う日米合同委員会のメンバーに注目すると、相手側は基地の司令官とか参謀長なのに、日本側は政府の局長クラスなのだ。相手が政府筋でない。これでは基地問題が前進しない。関係改善は遠い道だ。政府対政府の要人が対話すべきなのに。しかしオレは同盟など信じない。

元軍籍のあった晶三郎の思いは、他の人よりも敏感だったのかも知れない。個人雑誌「台風」にかける思いは強かった。上京し、反安保のデモに参加できない故の発刊だった。勤務する学校の授業を放棄してまでの上京は出来ないのだった。しかし身近にこうした政治家もいたのだ。

その当時、教え子（女性、のち県議になった）の父の神沢浄は県の社会党の書記長として、一カ月間東京で反安保の闘争の先頭にあった。青年村長からのちに衆参の国会議員の経歴のある人物だった。こうした政治家が今中央に不在である。日米同盟論者ばかりである。

動員計画、資金調達、宿舎の用意は万全。神沢浄は山梨隊の先頭で鼓舞したのだ。自由と愛国に生きた政治家だった。

中央の文芸雑誌に同人誌評を毎号書いていた文芸評論家の久保田正文は、個人誌なのにオレの「台風」を発行の都度取り上げていた。「台風」は活字ではなく、ガリ版印刷だった。当時手書きのガリ版の雑誌などもうなかった。ガリ版は安価だ。だから発行も可能だった。

久保田正文は、労働者の書く作品に温かい心の配慮があった。その後晶三郎は、新日本文学会の会合で彼に会い、以後彼の知遇を受けるのであった。

「個人誌でガリ版だろう。すぐ眼につく。取り上げない訳にはいかないや」

彼はこう言って笑った。明るく元気に笑っている顔を見ながら、ああこの人も埴谷雄高《はにやゆたか》と同じように戦争中は、特高警察にいじめられていたのかと思うのだった。

年一回の大会の跡は懇親会になる。酒の席であった。

「中味じゃなくて、ガリ版で……」

と、晶三郎が恥ずかしそうに言った。

「そんなことはない」

と、久保田正文が打ち消した。

晶三郎は久保田の書いた本を何冊か読んでいた。彼の書く労働者の文学論も忘れられないが、石川啄木論とか、百人一首の独自の解説に、賛嘆した覚えがあった。国文学者たちの説く定説をはるかに超えていた。

酒が入ると歌も出た。飲んでも論議の好きな会員の多いなかで、珍しく向うの席で歌声がする。

「オレは軍歌は絶対歌わない」

急にきびしい声で久保田正文が言った。

晶三郎は、自分が批判されていると思った。

晶三郎は彼の思想の根源を見たように思った。


晶三郎が重い腰をあげて、峡北農学校の復員級に入った、その級に勇がいた。勇は八月一五日三重海軍航空隊へ入隊することになっていた。勇は合格通知があった時、一日も早い入隊を希望する、と血書を横須賀の海軍鎮守府長官へ送ったほどの熱血漢だった。

彼は晶三郎が組合の書記長時代、県教育庁内の組合代表をしていた。間もなく本庁へ入って、ついにとんとん拍子に副知事にまで出世していた。

学校時代は部活動ばかりに励んでいても、成績は常に一五〇人中三番より下ったことがない男だった。

復員級でたちまち頭角を現した勇は、さらにその上二、三年生を取り込んで、学園民主化のストライキを先導したのである。人望と実力を備えていた英傑だった。晶三郎は、彼を準予科練だと言って交流していた。

勇が知事選に立候補した時、晶三郎は夢中になって応援した。かつて国会議員や県会議員を組合から送り出す選挙運動をした時のようにだ。しかし、力足らず勇は僅差で落選した。

落選してからの勇と晶三郎は、学生時代の淡い交流ではなく、同志的な友好を楽しむようになっていた。落選した勇はそののち町長になり、町の発展にも努力していた。

韮崎中学へ進んだ寺の関人は、一時県庁で働いた時もあったが、京都の花園大学に入った。臨済宗の開祖栄西の妙心寺に属した僧侶育成学校だった。

関人が高僧の父の後を継いで入山した津金山海岸寺の歴史は、北巨摩郡誌に簡略の記述があった。

〈臨済宗、妙心派にして本尊は釈迦如来、養老元年（七一七）丁巳《ひのとみ》の年、行基《ぎょうき》の開創にして聖武天皇天平年間、光明殿の勅額を賜る。其の後、永徳年中、性禅師鎌倉建長寺派に属し、此の時に当たりて寺門繁盛、伽藍森立、頗る壮観を極む。然るに天正十五年織田信長の兵焚《へいふん》に罹《かか》り、闔山《こうざん》烏有《うゆう》に帰す。寛文七年又転じて西京妙心寺に隷す。時の住僧智を中興となす〉

関人が入山してから、晶三郎との友好が再び始まった。退職した晶三郎が車で海岸寺へ赴き、談がたまたま京都の寺に及んだ。晶三郎の話題は新婚旅行で大徳寺を参詣したことだった。妙心寺と同じ臨済宗の寺だった。あの時新妻と共にオレは大仙院の僧の話を聞くことになった。僧は『大安心』の著者で、オレが本を求めると、どうしたことかオレと妻の名を毛筆で署名し、それにこともあろうに、先生と書いたのである。僧は同年輩の宗園とあった。

関人もその僧のことを知っていた。本によると、僧は沢庵宗彭《たくあんそうほう》禅師の尊敬者だった。本の最後のページは、その沢庵禅師の遺偈《いげ》の一齣で完結していた。

宿へ帰って、妻とオレは大仙院の僧の説教はよかった、と話し合ったものだ。寺の好きな妻は満足だった。

退職してからも京都の寺を描くために、妻は何度となく京都へ通った。定年より早く退職したのはこのためであった。奈良は奈良空会の全国集会で、オレは何度か足を運んだ。奈良はオレの方が詳しいけれど、京都は妻の方が格段詳しくなっていた。オレより早く妻は死んだ。生前、沢庵禅師の息の引き取り方を描写した『大安心』の読後感を二人は話し合ったものだ。

「あんなふうに往生したいねえ」

と、妻が漏らしたことをオレは忘れていない。妻は癌に罹り、手術し、その五年後に亡くなっていたのだ。

〈沢庵和尚は、死の影が近づきつつあった晩年のある日、画工を呼ぶと一円相を描かせた。もはや、自分で描けないほど衰弱していたものとみえる。それでも、みずから筆をとると、円相の真ん中に一点を加え、さらに円相の上部に讃を書いた。東京品川の東海寺に臥していた沢庵は、大徳寺に書を送り、「遠からず命終するだろうが、自分は死に臨み遺偈となるようなことは一切残さぬ」と、意中を申し送った。正保二年（一六四五）十二月十日、危篤の知らせで大徳寺から駆けつけた江雪宗立《こうせつそうりゅう》に、病床で会った沢庵だったが、翌十一日にはすでに、誰の目にも死期が迫ったことがはっきりと分かった。枕辺の門人が、禅師に遺偈を懇望した。門人が強いて差し出す一本の筆を、沢庵は、最後の力をふりしぼるようにしっかりと握り、ただ一つの文字を揮毫した。

「夢」

書き終えたとたん、手にした筆を抛《ほう》り投げると、そのまま絶命、示寂《じじゃく》した。七十三の生涯だった〉

「夢と書いて死んだ沢庵禅師のことか」

と、関人が言った。

「そうだよ」

と、晶三郎が応じた。

「夢、ねえ、希望だよ」

と、関人は小声で呟いた。

「夢なんて、見えないから誰にもないよ」

と、晶三郎は自分に言いきかせるように言った。

「見えないから、見たくなるんだ」

と、続けて言った。所詮、虚像じゃないか。だから夢だ。睡眠中の一時の前後不覚の映画だと思っている。希望としての夢と睡眠時の夢との区別が相手に通じない。通じないのは晶三郎の表現不足だ。

僧の関人は反論ではなく、持論のように言うのだった。

「仏教は夢を信じさせるためにあるのさ。入信方法の一番手っ取り早いのが法然さんの『南無阿弥陀仏』だよ。朝晩いつでも唱えさえすれば、必ず極楽浄土へ成仏できるという教えですよ」

二人の会話の歯車は噛み合わない。極楽浄土はどこにある。架空の世界のことだ。極楽浄土を見たことが、法然にあったのか。オレは自問する。

あってもなくても、見えなくてもあると信じると、不思議に今のこの現在の自分が楽になる。生きている値打ちがあるように思えてくるから不思議だ。浄土は死の向うにあるのではなく、この現実が浄土なのだ。信者になるとこのように思うのかも知れない。宗教は人を救う力だという。青春時代に読んだ『孤独な散歩者の夢想』の、あの夢想というものも沢庵の書いた夢と同じものではないか。晶三郎は、ルソーはカトリックになったが、常にキリスト教徒だと言い訳を書いていた。本心は新宗教だ、と言っていた。キリストの信者もまた夢を見ているのだ。神というイエスの夢を見ていて、その神の存在を認めているのである。仏教徒も同じである。ただ違うことは、仏教には釈迦如来の他に数知れずの仏さまがいることだ。自分に合った、自分の好きな仏さまを信じている。

信仰の対象に神もあれば仏もある。日本の歴史は神話から始まっていた。むろん少年の餓鬼どもはこれを信じて育った。神話は他国にもあった。ギリシア神話が有名でよく耳にしたものだ。『ギリシアの哲学者列伝』を書いたディオゲネスも神話を知っていた。しかし、神話を排して、哲学者たちだけを書き上げた。

晶三郎は、神話は神話、哲学は哲学と区別したディオゲネスという哲学史家を、本当の哲学者だと思った。

晶三郎は、神話のなかの神を、仮想した人間だと考えていた。人間にとってあるべき理想の人間を、神の話に仕立てていると考えていた。

「ぼくはね、やっと心から仏さまを信じるようになりましたよ。沢庵禅師の夢を書いて亡くなった気持ちも分かるようになりましたね。花園大学の学生時代や雲水時代は、日日の生活に夢中でしたから、体の中に信心はありませんでしたよ」

と、関人は座り直してから、晶三郎に正直に告白した。晶三郎は圧倒されてしまった。彼、晶三郎には信心というものがまったくなかったからだ。人間は弱いからそうなるのだろうと思った。弱い人間は信仰することで、本当に救われるものだろうか。

神とか信仰とか、これが晶三郎の晩年の人生上の大きな課題だった。知らず課題になって来たのである。だからと言って、オレが強い人間だとは思わない。

第六章

哲学者タレスが、古代ギリシアの暦において、一年を三六五日であることを導入したという話がある。暦の初めの三六五日それぞれの日日は、等価の白紙であった筈だが、晶三郎の日めくり暦には、十二支が書き入れてある。「みずのえ・ね」とか「四緑・大安」とか、さらに親切にも旧暦までも明記してある。某某記念日とか某某の日とかも書き込んである。

大安はよい日で、仏滅は悪い日と解釈されている。人間の都合で決めているのだ。

春分七日間秋分七日間、これを彼岸という。彼岸は向う岸である。大切な岸、ありがたい岸である。仏の道に精進して煩悩《ぼんのう》を脱し、涅槃《ねはん》に行き着く、そこが彼岸であるという。仏の世界である。仏滅ではない。

晶三郎はタレスの導入した三六五日のまだ何の書き込みもない白紙の日常に、信頼をおいていた。生きている以上、毎日が良い日だ、と考えていた。こう考えると楽である。

十二支は子丑寅《ねうしとら》と十二の動物が並ぶ。なぜ鼠や牛や虎など並べたかは知らない。人間はその動物に故事ことわざを加味しなければ承知できないようになる。なったのだ。

「子《ね》に臥《ふ》し寅《とら》に起くる」なんの意味か。寝る間も惜しんで働く、の意味になる。これは早寝早起きではない。真夜中に寝て朝は早く四時頃には起きて働けということらしい。

そしてまた十二支には十二神将という神がいて、家を守っているのだそうだ。方位家相に応じ、十二神将が厄病や大難から守護することになっている。

十二支にも神や仏が出現しているのである。祝い事は暦によれば、仏に縁のある日は避けるべきだという。これは常識だった。仏滅も彼岸もよくない。仏滅はともかく彼岸は吉日だ、と晶三郎は考えていた。学校の三月休みとうまく重なる。彼岸も中日が一番よい。家族親戚の反対を押し切って、その日に晶三郎は、婚約から四年目に、華燭の式を挙げた。

しかし、海岸寺の関人《せきじん》は独身だった。

関人は中学を出てから県庁でしばらく働き、それから京都の花園大学へ進んだ。彼は大学で山田無文《むもん》に学んだ。また雲水として京から東京まで乞食《こつじき》の修行の旅をした。むろん徒歩で行く。この修業が関人を僧らしく鍛えたのだった。

ある時、晶三郎は寺へ行って関人と話した。

「山寺で一人では不自由だろう。嫁さん貰ったらどうだね」

と、同級生の誼《よしみ》で言った。

「不自由と思えば不自由。しかし自由と思えば自由。不自由は感じないね」

妻が死んでから、晶三郎は常に不自由を感じていたからの質問だった。

「なるほどなあ」

関人は超越している。僧侶だから。僧侶は皆そうかも知れないと思うのだった。不自由を自由と思えばいいのか。そう思えば体がそのように働くのか。やってみようと、関人に見習った。

晶三郎は県内の同人誌の合併を発案し、文芸協会を設立した。退職しているので時間はあった。そして協会から年刊の機関誌を出すことにした。若い仲間たちが協力したから立ち上げることが出来たのだ。「新日本文学」に書くものも、文芸協会誌の「イマジネーション」に書くものも、ならして不評だった。好評のものはない。誌名を決める際、何人もの者からの誌名があがり収拾がつかず、会長一任でこうなった。つまり想像力から創造力への想いがあったのだ。

当時、山梨県立文学館の館長は、志賀直哉全集他を校閲するような高名の学者、紅野敏郎《こうのとしろう》だった。晶三郎が芥川龍之介の研究エッセイを出版した時、彼は誰にも書いていないが、と言って長文のありがたい跋文を寄せてくれた。

こうしたことは自由だから出来たのである。妻の町に住むようになってから、郷土研究会をも立ち上げた。同じ頃であった。郷土史家を目指している訳でもないのに、どうして余計なことに手を出したものか。

市には県内きっての武田氏三代の研究家がいた。しかし彼は全国的な活動で、足元の住むところに力が及ばなかった。これを見るに見兼ねて、会を発足させたのである。

このような晶三郎の働きがそれとなく効をなしたのは、若き日の組合活動によるありがたい余禄といえた。こちらの郷土研究会では、発足と同時に会誌を出したが、文芸協会では三年も遅れての発行だった。論議百出、なかなか纏《まと》まらなかったせいなのだ。そこに文学志向者達の面面の存在感があったのだ。

関人との話は、犯罪に及んでいた。朝、テレビをつけると、犯罪のニュースが連日であった。そしてこの状況は、今日に続いているのである。犯罪の質も悪化するばかりであった。

理由なく他人を殺す。知らない人を殺す。親が子を殺す。子が親を殺す。教員出身の晶三郎も、憎籍の関人も話題に熱が入って盛り上がる。

「なぜこうなってしまったのだろう」

と、晶三郎はこの根源を知りたいのだ。関人なら、参考になる回答をしてくれるものと期待しているのである。

「学校で正しい宗教教育をしていないのがよくない。宗教を教えるべきですよ。これは僕の持論ですよ」

学校では宗教教育は、まったくしていない。タブー視されている。もし宗教教育が解禁になったとしても、具体的にどう教えてよいのか、きっと現場教師たちは迷うに違いない。晶三郎にも見当がつかない。

「つまり道徳教育ですなあ。今の道徳教育を発展させることですよ。その門を広くすると宗教教育になりますよ。晶さん、そう思いませんか」

晶三郎は黙って聞いていた。重い言葉だ。

「道徳心というものです。人の生きる道のことです。至道《しどう》無難《むなん》ということで二人にやりとりがあります。中国の趙州《じょうしゅう》という高僧が、その師の南泉に尋ねた話です」

「至道とはどんな道のことですか」と。

趙州は謙虚に教えを乞うたのである。人生の道はどのような道が道なのかと苦しんできたから、素直に聞くことができた。

すると師の南泉禅師はこう答えたのである。

「平常心是れ道」と、一言で教えたというのであった。人の道は徳がなければならない。その心はまさに平常心なのだ。

関人は分かり易く、無文禅師はこのように僕らに教えたものだ、と言って無文の語ったままを伝えた。

〈平常心とはあたりまえの心だ。どうすればあたりまえの心になることができるか、と考えると、もうそれはあたりまえの心ではない。

道徳について考えよう。道徳というものは、分かったといってもいけないし、分からんといってもいけない。分かったといえば、それは道徳の知識にすぎない。分からんといえば無自覚だ。知識も無自覚も、どちらも道徳にはならん。ただ天真爛漫、赤子のような無心な境地になるならば、生まれたままの美しい純粋な人間性が自ずからそこに流露《りゅうろ》してくる。そこには良いとか悪いとか批評する余地はない。それが人間の当たり前の心で、道徳というものだ〉

「オレは今まで気軽に平常心なんて言ってきた。いや恥ずかしい限りだ。当たり前の心か。しかし、その当たり前の心というのが青天白日、秋晴れのような爽やかな心境だと言われても……」

「晶さん、普段が平常心だと僕は思っているよ。心配のしすぎですよ」

と、関人が慰めるような口調で言った。

「それにしても無文さんはうまいこと言うなあ。分かったと言ってもいけない、分からんと言ってもいけない。哲学だなあ」

「仏教ではそれを空《くう》というのだよ。無心と言ってもいいのですが。般若心経の空の思想ですね」

晶三郎は頷いたものの、胸にすとんと関人の言葉が落ちはしなかった。

晶三郎は不意に思うところがあった。仏教の健在。寺院の健在の今を。あの時、海岸寺はどうであったのだろう。寺の記録にない。寺の御本尊の名前を変えるべし。御神体の名前にすべし。僧侶は神主になれというあの太政官令である。

明治元年四月四日の文書にこうある。

〈今般諸国大小之神社ニオイテ神仏混淆《こんこう》之儀ハ御廃止ニ相成候ニ付・・・〉

僧侶は直ちに還俗《げんぞく》して、神主や社人《しゃにん》の名前に変えた上で、神さまに奉仕せよ。よんどころのない事情によって差支えのある場合と、仏教信仰が厚くて、どうしても還俗のできない者は、神さまへの奉仕はできないから、至急に立ち去れ、といった内容であった。神仏分離を政治の力で押しつけた。

天子《てご》の言ったこれは大きな大きなバチ当たりの政策というものだった。神も仏も、まるで味噌も糞も一緒にたとえる諺に似ていた。神にも仏にも一寸の尊厳もないのだ。神主たちの信仰は神でなく仏であった。神道には教典がない。葬式はどうであったか。布告に次のような文句があった。

〈神職之者、家内ニ至迄、以後神葬相改可申事〉

神道に教典がないということは、思想的な体系がない証拠であった。政府は国家神道を考えて政策をとったが、仏教に対抗できなかった。そこで権力を使ったのだ。天皇家の伊勢神宮を頂点として、全国の神社に社格をつけ差別した。神主は一応公務資格とし、国教とした神道を盛んにし、宣揚する義務を与えた。

小学校の四大節に同級生の親父が、神主のため臨席したのもこの流れであった。奴が一度級長になれたのも、こうした風潮の下の恩恵だったことが分かる。

晶三郎は、関人のいった般若心経を、信厚がよく仏壇の前で読経していたのを思い出した。オレも読んで勉強しなければ、このあと関人と対等に話が出来ないと固く心したのである。

妻の絵の師は九州生まれの男だった。晶三郎と気が合ってしまった。妻の師というより、晶三郎の兄貴分だった。拙宅へ来て泊まったこともあった。

東京で会えば、必ず二人は飲んだ。新宿から始まり、JR中央線の各駅毎に、東から西へと飲んで行く。彼はタクシー券を持っていて、各駅前の酒場で一本飲み、次の駅前の酒場でと続くのだ。晶三郎は彼の所業に驚くばかりであった。無頼に似た姿が悲しかった。しかし本人は元気で勢いがよいのだ。むろん酒のせいでもある。酒を飲まない時も彼は激しい性格だった。

ある絵の会の会長だった。彼の絵は婦人の人物画が多かった。高値で売れていた。絵のみならず絵画の西洋史や東洋史の本も書いていた。

今度はヒロシマの原子爆弾のことを書きたいと話した。彼は海軍の将校待遇で呉にいて、ヒロシマへの原爆投下を見たと話した。その時の記録を書く。どう書けばよいか、と晶三郎に聞いたこともあった。

彼は家族のことは、何も話さなかった。会えば絵のことと文学のことだった。画壇の裏面史のような話もしていた。

困ったのはあの各駅毎の酒場で飲んだ時だった。酒の勢いがつくと、注文した銚子に一口つけて次だ、と場所を変える。タクシーに乗る。莫迦な散財だった。無頼そのものだった。超はしご酒とでもいうべきか。自分の描く作品に満足できない重い鬱憤ともとれる……。妻より晶三郎との交流が多かった。

帰途はタクシーで新宿へ直行だった。晶三郎はその日、ホテルを決めてなかった。もう深夜だった。泊まる場所はラブホテルしかない。とあるラブホテルに車を止め、晶三郎は車から降ろされた。

「男一人でもラブホテルは泊まれる。商売だからな」

その彼が数年後急死した。惜しまれる画伯だった。葬儀に妻と同道した。

葬儀は教会葬だった。生前、キリストのキの字も、イエスのイの字も言わなかった、男らしい男だった。妻もこの教会葬に驚いていた。当方が用意した御霊前は受付けず、用意された白菊一輪を捧げて別れたのだ。

雑談の中に、信仰の話が自然に出ても不思議ではない。どうして彼はキリスト信仰を黙っていたのだろうか。隠すことはない。信仰は自由で胸を張って話すことなのに、酒の時にもキリストの話は出なかった。

無頼にみえた画伯だったが、ほんとうは敬虔な心の温かい人物だったと、懐かしく思う晶三郎だった。ご存知あれ、その人は井上自助であった。

椎名麟三が八ヶ岳清里高原の清里館で名作『自由の彼方で』を書いたのは晶三郎の若い時だった。師範学校を出て、就職して間もない時であった。

執筆中、一段落したところで、椎名麟三はコーヒーを飲んだ。相伴役でもないが晶三郎も苦いコーヒーを飲んだ。椎名麟三との会話は十分あった。

書き写しつつあった晶三郎は、「自由の彼方」の意味がそのとき分からなかった。この時、作者の椎名麟三はすでにイエスに会っていたのである。会って自由の世界に、自由に生きているという喜びが根底にあったのだった。こうした所から眺めた彼方に、かつての自分のまずしい姿がどうであったかがよく見えるのだ。

椎名麟三は生き生きとして、元気であった。この作品を書く前の彼の顔は、いつも苦渋に満ちていた。彼は自殺するのではないか、という評判があった。彼は刑務所から出て、小さな町工場で働いていた時、何度も自殺しようとして自殺に失敗したといった小説を書いていた。雑誌に載った写真は、たしかに暗い表情だった。有名な小説家の一人が自殺し、二人目が自殺し、次が椎名麟三か、といった風説だった。

清里に現れた椎名麟三は元気で、ユーモアを口にするほど明るかった。だが、清里ではキリストのことは、一言も口にしなかったのだ。晩年の画伯と同じだった。どうしてか。晶三郎は、オレのような男に話しても分からんだろうぐらいに思っていたのか、と昔を偲ぶのであった。

　そして椎名麟三がイエスに会ったという文章に接して、椎名麟三がキリスト教に入信したことを知るのだった。彼の『信仰著作集』に次のように告白していたのであった。

〈弟子たちの間にあらわれたイエスが、聖書のページのなかから立ちあらわれて来る。それは十字架にかかって死んだイエスだ。その死は仮死というようなものではなく、決定的な死だ。しかもそのイエスは、正確には二日半ほど墓に葬られていたイエスだ。この二日半という断絶に私はあるきびしさを感じる。そのイエスは、弟子たちに語りかけ、手や足を見せ、ついに焼魚の一片を食べて見せる。ショックはそのとき起った。

　私は、生きているイエスを見ていたからだ。しかしそのイエスは、絶対に死んでいるはずのイエスである。死のしるしは、手や足にそして、脇腹についている。それは彼を殺しつづけているところのものだ。だからそのイエスは、死んでいるイエスでもある。十字架の死は、芝居ではなく、現実に十字架の上で死なれたイエスである。しかもそのままでイエスは生きているのだ。端的にいえば、私の前にあるイエスは、死んでいて、そして生きているのである。しかも弟子のだれも、そのイエスを信じることはできない。もちろん私もだ。イエスは自分を信じない者たちのためにどんな奇蹟をあらわされたか。とんでもない、くだらなくも焼魚の一切れをムシャムシャ食って見せられているだけである。そのイエスの営みが私の胸をついた。同時に死んでいて生きているイエスの二重性は、私が絶対と考えていたこの世の

あらゆる必然性を一瞬のうちに打ちくだいてしまったのである〉

長い話になってしまった。聞き終わってから関人はおもむろに言った。

「仏教でいう生仏一如《しょうぶついちにょ》とか人仏不二《にんぶつふに》という思想は、椎名さんの二重性という表現によく似ていますね。生と死が一体となって出てくるのです。二つが一つになって、そこに重要な新しい別の世界が生まれるのですな」

椎名麟三のイエスの生と死の二重性を仏教では不生不滅というのか、そこは分からない。哲学者の西田幾太郎は、椎名の二重性の矛盾を、「絶対矛盾的自己同一」と言っているのかもしれない。死んだイエスが生きている、ということはあり得ないのだ。が、しかし。

西田幾太郎の説はこうである。最初は空想的であり観念的で面白い。

〈時間は直線的に過去から未来に流れる直線的限定であり、それに対し空間は円環的限定であり、すべてが一つに完結する筈である。時間と空間はこのように互いに矛盾するのであるが、その時間と空間とが絶対に矛盾しつつしかも自己同一を構成し、そこに現実の世界が成立している。それが所謂絶対矛盾的自己同一である〉と。

この論理を具体的、現実的に示しているのが、歴史の世界であったり、人間の現実世界であったりしているのではないのか、と補説する。そこでオレはほっとするのだ。

西田のいう空間は円環的限定だと説明しているのに対し、文学者の埴谷雄高は、具体的に宇宙について語るのだ。埴谷は椎名麟三がキリストに入信した時、親友故にきびしく椎名に反論を示した。埴谷は無神論者である。椎名を強く批判したのに、椎名が死亡するや、すぐ「邂逅忌《かいこうき》」を立ち上げて、毎年椎名の人となりや文学の評価を続けた人物であった。

この埴谷の宇宙論は文学界で独占的だった。ある対談で得意に語っている彼の宇宙論に注目してみる。

〈宇宙の果てというものは、タレスが考えた時代、デモクリトスが考えた時代と、いささか進んでいるだけで、本当はまだうんと分からないことが多い。だからこれは天文学者もホーキングも素人が考えてもある程度までは思考実験できる領域なんです。それからもう一つは根源のほうで精神。精神というものは今やっと脳細胞が少し分かってきただけであって、いまだに本当の精神の働きは分からない。ということは、眠りも夢もまだ完全には分かってないんですね。だから根源と究極の両方はいまだによく分からないということは、文学、宗教、全部残しているんですよ。ぼくから言うと文学も宗教も迷妄の領域に属していて、真実のほうの人から言えば、人をだまかす専門なんです。そっちから言えばだまかすんだけど、こっちから言えば内的真実はおまえのほうでこういう真実を明らかにしていないから俺が人と人との心を分かるようにさしてやると。それでぼくがやっている妄想実験では無限というものを考えて、無限の相のもとに全てを見るということをやっているわけです。ぼくの妄想実験ということは、何でも無限の中に置いてみる、そうするとこういうことも無限の中にあっては、あるんじゃないかと。つまりぼくのは存在宇宙のほかに無限宇宙というものがあって、これは無限に存在するわけですが、ところが無限の未出現宇宙というのは出ようと思って出なかった宇宙、これが無限にある。ぼくの存在論というのは、ぼくの夢からの実験ですけど、自分で神経衰弱時代に、ものすごく実験したことがあるんです。ポー自身が夢をコントロールできると言ったけど、本当にできるんですよ〉

プラトンも宇宙がなければ、時間は存在しない。宇宙と時間は同時に生じたものだ、と論じていたのである。これは西田哲学の源泉のようだ。

西田哲学と埴谷文学を重ねて比較してみると大変面白いと晶三郎は思うのだった。西田が空間を円環的限定としているのに、埴谷は無限宇宙が存在宇宙の外にあるなどと想定しているところに、どう整理してみればよいか迷うばかりなのだ。西田は限定的に考えている一方、埴谷は無限を強調している。こうした交錯が難しいのである。しかし要は西田幾太郎が説くこうした根源の下に、世界の歴史があり、人間の営みがあると聞けば、関人の語った無とか空とかの思想も、なにやら分かってくるように思うのである。しかし分かったように思う自分、現実に生活している自分というものはどうであるかは、いまだこのオレは暗中にあるのではないか。

トイレに飾った日めくり暦は、眼の前にある。小さな文字でも、注意して見ると解読できるのだった。今日は「他人は鏡だ」とあった。母聖代《まさよ》は、「他人を見てわが振り直せ」と教えたものだ。「振り」というのは振りかえって自分を見なさい、という意味だった。服装から始まり、言語や動作はこれでいいのか、と自省しなさい。他人は人によっては目標になり、また人によってはあのようになるな、の答えを他人の中に発見しなさいという教訓である。つまり他人は鏡である。

晶三郎は「私の『私小説論』」を書いた。後にも先にもこれが唯一の彼の小説論だった。結論に近いところに、こんなことが書いてある。

「私小説は作家自身のカガミに映った顔と思えば、理解しやすいのではなかろうか。そこに『何が映っているか……』」と。

むろんはっきり映っていると立派な作品だと言える。霞んでいるなら失敗作だという意味である。しかし鏡には決して思うようには映らないものだ。鏡が不良品である訳はないのにだ。

いったい鏡は何のためにあるのだろうか。鏡についての大変面白い教訓があった。晶三郎が注意したつもりでも、正しい諺は「人を以て鏡となせ」だった。意味内容に差異はないにしてもだ。

関人から山田無文のことを聞いて、晶三郎は、彼の著書を探しては読んでいた。『わが精神のふるさと』と同名の『わが精神の故郷《ふるさと》』の二冊があった。今は愛知県の豊田市になっていたが、晶三郎が山田無文の生地を尋ねた頃は稲武町《いなぶちょう》だった。飯田市から三州街道に入り、浪合村、平谷村、根羽村など長野県の最南端の果てに、愛知県稲武町はある。

生家には人気《ひとけ》はなく、空屋になっていた。菩提寺を探し、無文の墓に花を捧げた。無文の碑があった。碑文は一首の歌だった。

大いなる　ものに抱かれ　あることを
　今朝吹く風の　涼しさに知る

兄が結核で死んだ直後の頃のことだった。本人も結核で苦しんでいた。死に直面している時の心境の時、風の存在に気がついた。その感動が歌になった。

〈入梅も終わるころであった。庭のすみに南天の花が咲いていた。わたくしは久しぶりに寝床から離れ、縁側へ出て庭をながめていた。気持ちのいい涼しい風が、病弱のわたくしをいたわるように、そよそよとわたくしのほおをなでてくれた。そんな風に吹かれたのは幾年ぶりであろうと思った。そしてふと「風とは何だったかな」と考えた。風は空気がうごいているのだ、と思ったとき、わたくしは鉄の棒でゴツンとなぐられたような衝撃をうけた。「そうだ空気というものがあったなあ」と気がついたのである。

生まれてから二十年ものながい間、この空気に育てられながら、この空気に養われながら、空気のあることに気がつかなかったのである。わたくしの方は空気とも思わないのに、空気の方は寝ても醒めても休みなくわたくしを抱きしめておってくれたのである。と気がついたとき、わたくしは泣けて泣けてしかたがなかった。「おれは一人じゃないぞ。孤独じゃないぞ。おれの後ろには生きよ生きよとおれを育ててくれる大きな力があるんだ。おれは治るぞ」と思った。人間は生きるのじゃなくて生かされておるのだということを、しみじみ味わわされたのである。わたくしの心は明るく開けた。そしてつたない歌をくちずさんだことである〉

無文の肉体と精神が合一され、強力なさまざまな活動の根源は、この体験にあったものと思われた。宗教界にあって、一世紀に一人か二人かと傑出される高僧の中の高僧の一人は、この山田無文禅師に間違いなかった。

関人が江戸時代初め頃の盤珪《ばんけい》禅師の話をした。その盤珪禅師の話は、無文禅師から学んだものだと前置きしてから話すのだが、またしても晶三郎にその盤珪という名さえ初めて聞く名前だった。

「何度もこの話を無文先生は何度も何度もしましたよ。余程この話が好きらしかった」

盤珪禅師の持論は、人間の本性というものは、鏡のように清浄なものである。その鏡の中には何もない。故に物が前にくれば物は映るし、物が去れば消える。鏡に映ったといっても、鏡の中には何ひとつない。これを「生ぜず滅せず」というのである。汚い物を映しても鏡は汚れない。綺麗な者を映したからといっても鏡はきれいにならない。これを「垢《よご》れず浄《きよ》からず」というのである。鏡の中に物が映ったからといっても、鏡の目方は増えなければ、また物が去って消えたからといって鏡の目方は減りはしない。これを「増さず減らさず」という。般若心経に不生不滅《ふしょうふめつ》、不垢不浄《ふくふじょう》、不増不減《ふぞうふげん》とあるのは、この鏡のように清浄無垢の人間の本性を説かれているものである。般若心経の重要点を鏡にたとえた分かり易い説教ではないか。

確かに分かりよい、と晶三郎は聞いていた。

関人の父の葬儀に、無文禅師が京都から甲州津金山海岸寺まで見え、稟炬《ひんこ》導師を買って出られ、ありがたい偈の引導を頂戴することがあったと、晶三郎は聞いていた。惜しい話だった。一度でもよい。生前の無文禅師の姿を拝したかった。晶三郎は無文に学んだ関人を羨ましく思った。関人も父に敗けない高僧になっていくのだろうと思った。

晶三郎が山田無文という僧に、一直線に心酔していったのは、彼の『碧巌《へきがん》物語』であった。決定的だった。彼の著作の中で、この一冊が一番光っていた。読後の衝撃は大きかった。そこで彼は夢中でなんと『無文物語』を書いて、「イマジネイション」に発表した。彼は満足した。作品の評価は、鳴かず飛ばずで芳しいとは言えなかった。それでありながら満足した。山田無文にお礼ができたと思った。あの難解な『碧巌録』をかくも分かり易く解説できる僧や仏教学者はそう何人もいないだろうに、この山田無文はどうだろう。晶三郎は写真で見ていた小柄《こがら》の山田無文の超人的存在から、離れられなくなっていた。

山深い仙太郎温泉でルソーの『孤独な散歩者の夢想』を読んだ時、人間は賢明のようだが愚かだ。人類もだから愚かだ、と思ったものだ。なぜそうか。いったい人間というものの存在はなんだろうと考え込んだこともあった。結婚し子供を育て、老いて死んで行くこの人間というものは何だ。どうもその答えはどこにも見当たらないのだ。

これは哲学的な命題だ、ということであった。かつて中国の趙州の師南泉禅師は人の道は平常心であり、また徳の道であると教えた。西欧の哲学者カントもまた人間とその道徳問題を学問の出発地点とした。カントはここにきて哲学の本筋であるべき人間存在に眼を向けたのである。

晶三郎は人類の歴史は愚かな歴史だと思ってきた。世界史はその民族の愚かさを記録して二一世紀まで来た。その愚かな人間について、哲学者たちはどう説明してきたか。いや、なにも哲学者でなくてもよい。誰でもよい。愚かな人間は反道徳的な人生の道を歩んできた。そうした愚かな人間の言動に批判を加え、非難する必要があってこそ、南泉は言った。カントもそこを目指しているのではないのか。

敗残兵としての自覚から、他人よりも多分晶三郎は人間とは何かの問を長く続けてきたように思うのだ。勝者にはそうした問いはないものと思う。孤独になって、はじめてこうした自問はしばしば起きたものだ。

ルソーはなぜ孤独者の自覚にさいなまされたか。決まっているのではないか、彼の自由な思想を封建的社会で表現したからだ。彼は国家権力に追い廻され、必死で逃げ延びてきたのである。老年になってもその時の夢は醒めない。だから、本の第一の散歩から、そのことを先ず書くことになる。死期は近づいている。本は死んでから出版された。

選挙で候補が落選した時の責任者も、まさに敗残兵であった。敗残兵は孤独である。某私立大学で反安保の講演で告訴され、警察で調書をとられるオレのような男は、周囲から激励されても、心は孤独であった。ルソーの気持ちがよく分かる。ここのところは、よく理解できたと思っているのだ。

人間とは何なんだ。

〈ええ！　仕方あるまい。自分を待ち伏せしていたこの運命を、なんで僕に見てとることなど出来よう。その運命に委ねられた今日でさえ、未だその正体を知ることが出来ずにいるではないか？　僕は同じ人間であったし、今でもそのつもりでいるのに、その僕が、何時の間にか、人非人、毒殺者、暗殺者扱いにされ、人類の嫌われ者となり、賤民の玩弄者になろうとは、常識では考えられないではないか？　通行人が僕にする挨拶といえば、唾を吐きかけることであり、時代全体が寄ってたかって面白半分に僕を生き埋めにしようなどとは、誰に想像が出来るものか？　この奇妙な革命がおこった時、僕は不意打ちを喰らって、度肝を抜かれてしまった。僕の動揺、激昂は一方《ひとかた》ならず、ために僕は一種の錯乱に陥ったが、この状態がしづまるには十年では足りなかったのである。そしてその間、僕は誤謬から誤謬に、失策から失策に、愚から愚に陥って、不用意にも、僕の運命の支配者等へつぎつぎに道具を提供したので、待ってたばかりに、早速彼等はそれを利用して、僕の運命を取り返しのつか

ないように蹴ってしまったのである〉

このようなルソーにも、晶三郎は共感として近づいていったのだ。オレの主体性はなにか。ルソーの思想からカントは、なかんずく人間尊重を学んだと言って、自分の哲学を展開していったことが分かってくるのだ。人間には知る能力や、行動する能力や、希望する能力などがある。

知る能力では何を知ることが可能か。行動の能力では人として何をなすべきかの可能のことである。オレはこの一点でカントが好きになった。希望の能力には信仰ばかりか欲望へ向かう能力もあると弁別している。この弁別は、理論的な問題、道徳的な問題、宗教的問題だと定め、カント哲学は今や不動となったのであると書く本もあった。このカントの思想が元気に生きている。何をなすべきか、と。

人間とは何かと、真剣に考えている時に、「神が人間をつくったのではない。人間が神をつくったのだ」と主張するフォイエルバッハのような哲学者が突如出てくるので晶三郎は驚くのである。しかし落ち着いて考えてみると理にかなっている。しかしそうだと断言できない。弱い人間は何者かに縋《すが》りたい本性を具備しているからである。困難な眼の前の事象がそうさせる。「神さま助けて下さい！」と。

オレは心許ないから心に掛ける覚書のように忘れずに記す。

カントの対極にあたるヘーゲルは、あたかもカントの人間の持つ能力を理性的に展開していたのに対し、彼、ヘーゲルは人間の精神自体を間違っているものだと解したうえで精神現象学を開陳したのだなとオレは学んだ。

つまり人間理性と考えられているものも、詰めていく先は、神的理性になるという理屈である。そうだ、カントの小さな部屋から広い野原に出てきたように、ヘーゲルの理性は自由闊達の如くであった。主観的な視点から客観的精神による思想の確立になっていく意志だろう。

そこで哲学では自我が中心的な課題となって眼に見えてくるのである。自覚的自己認識の問題となったのだ。デカルトは、自我は不完全な自覚であって、完全な存在は神だと言って逃げた。のちのカントは純粋自我の自覚を主張した。へーゲルは一歩前に出て自我は社会的自我でなければならないと主張した。しかしマルクスは、師ともいうべきヘーゲルの社会的自我に留まってはならないと言った。そこが偉いとオレは思うのだ。本当の自我は、階級的自我でなければならないと強く主張する。

こうして個人としての人間存在の研究は、次第に共同体内の人間存在の研究に発展していったのであったのかと、組合運動の頃からオレは思うようになった。

人間を階級的存在に考えるのは、資本主義的社会が眼の前に立ち塞がるからなのだ。人間は物象化され商品化されていく運命にある。これが今の現実の情けない風景だ。

マルクスの唯物史観が世界を席巻することになった。マルクスの資本論はその教科書となって今に至るのである。この先はどうなるのだ。混乱の二一世紀の今が。
海岸寺の御本尊は観世音菩薩像。国宝であったが、昭和の初め盗難にあって、現在のものは二代目だった。関人僧侶が仏像の話になった時、晶三郎は上の空であった。仏像に詳しい妻が言ったことがあった。

「地蔵さまだけは出家姿なの。お洒落をしないのよ。頭は丸坊主よ。でもね、他の菩薩さんはお洒落が大好きなのね。よく見てご覧、宝冠をなさった仏さん、イヤリングをしている仏さん、ネックレスをしている仏さん、そうね、腕輪までしている仏さんといろいろでしょう。仏さんて、観察なさると魅力あるでしょう。だから信仰のシンボルじゃなく、芸術品として研究の対象にもなさるのですわ」

妻は主として京都の寺寺で、仏像と対面していた。仏像を美として拝観していた。大学での美学の教授の影響があった。晶三郎はそうしたことには、無頓着だった。地蔵菩薩だけは手に負えない悪餓鬼とか貧しい衆生たちを救ってあげようという本願から、お洒落にはまったく無頓着ということらしかった。だから地蔵さんの多くは、道端の露天の下にあった。京都祇園小路の仲源寺の地蔵さんは本尊でこれなど別格というがオレは感心しないのだ。

地蔵菩薩について美を語る学者をオレは知らない。情けないことだとオレは思っている。

関人僧侶の仕事は、広い境内の清掃だった。寺内の清掃も修行の行為といえた。しかも彼は自炊だった。食べることも大変だった。妻のない僧は純粋だった。

檀家の者たちが交代で、広い山寺の清掃に来るのだが、そうした作業で十分だとは思われなかった。

関人老師は法話を計画し、檀家を寺に招いた。農閑期だけの彼の仕事だった。晶三郎も法話を聴くことにしていた。「無文物語」を発表してからは、欠席しないようにしていた。とにかく関人は無文に教えを受けた人物である。父の葬儀には、甲州の彼の寺に無文は駆けつけていたほどの僧侶だった。

無文の法話は分かり易い。関人の法話も分かり易い、と晶三郎は考えていた。

関人も老師といわれるようになっていた。当然同級生の晶三郎も体調に気を遣うようになっていた。女人のいない老師はなにかにつけて大変だろうと常日頃思うのだ。

晶三郎には息子の嫁が三度の食事の用意をした。恵まれていた。娘も嫁もよく気がつく。

こんな法話があった。体の大きな百丈禅師に「如何なるか是れ奇特の事」と質問した人がいた。すると百丈禅師は「独座大雄峰《どくざだいおうほう》」と答えたという。

この意味を無文は実に分かり易く説くのであった。

〈大雄峰というのは、その百丈禅師の居られる山の名前です。おれが今一人ここに座っていることが一番有難い、とこう答えられたのです。このくらい人間を尊重した言葉はないと思うのです。皆さん方にとって、この世の中で何が一番有難いかと申しますと、皆さん方が生きて、今、現にそこに座っていらっしゃる、このことが一番有難い、これは間違いのない事実だと思います。これ以上有難いことはないと思います。

財産が一番有難い、と普通考えられますが、それは皆さんが生きていらっしゃるから必要なんです。結構なご身分のあることも結構だが、それも生きているから必要な、いわばアクセサリーなんです。

この世の中で、何が一番大事かといって、今ここに生きて座っていられることが一番有難い。そういう自分の尊さ、自分の絶対価値の分かることが、人生でもっとも大事なことだと思うのです〉

こうした法話に似た話は、日常茶飯に話し合っていた。老齢になると一病息災だといって、人によっては自分の病気を自慢気に話す者もいる。

同級生たちもすでに何人も他界していた。親しい戦友たちも一人また一人と死んでいく。勇もとうに町長を辞め、田畑の仕事をしていた。勇から晶三郎に電話があった。久久に会って食事でもしようという用件だった。晶三郎は勇も知っている関人も加えて、三人ではどうかと提案すると、勇はいい案だ、と言った。

その日になって関人は、杖を手にして居酒屋「年金食堂」に現れた。

前後して勇も入って来た。三人が会っての挨拶は、開口一番、体調についてのことだった。食事の前に生ビールで乾杯した。各人各様酔いの故もあって昔話などを始めるのだった。

「オレは今でも敗戦時のことを夢に見るよ」

と、晶三郎が喋った。

「ショックが大きかったもの」

と、勇も言ってから続けた。

「知事選で落ちた時のことなんか、夢に出て来たものなあ」

「人生この方、やはり敗戦体験は痛かった。その思いはずっと尾をひいているからな」

と、晶三郎が言った。

「私はまあその後、町の仕事で忘れるようになったが、それでもな、晶さんの言うことは分かるよ」

勇もやはり落選は人生上のおおきなショックのようだった。

「僕にはまだそうしたショックのようなものはないなあ」

と、関人が話に参加した。

「ただ戦争中は勉強しませんでしたなあ」

と、呟くように言った。

関人の進んだ韮崎中学校も実は軍需工場へ派遣されたからだ。彼もそこで働いた。勇は入隊を待ったが、入隊日が敗戦日だった。仕方なく家業に従っていた。そして峡北農学校の復員組に入学した。大学へ進まず、県庁職員になった。これだけの学歴で、課長や部局長を経て、営営、副知事にまでなった。知事を助け彼のなしとげた事業は、みな素晴らしいものだった。彼の余裕ありげな笑顔に好感が持てた。しかし彼の部下だった者に聞くと、庁内では鬼のように怖い存在だったという。公務にきびしい勇であったのだ。落選してから彼は、鬼でなくなった。好好爺になっていた。その彼は百歳まで生きる、と強い信念、強い意志を開陳したので、晶三郎は驚いた。不動の人物だ。存在の重さがあった。

関人が勉強しなかった話は、みな三人に共通していた。戦争中である。国家総動員法の故であった。

「ストライキも面白かったなあ」

と、懐旧の思いでついつい晶三郎が口にした。学園の民主化だといって騒いだからだ。

「いやいや」

と、勇は打ち消しの意味で言って笑った。

「勇さんが先輩の二、三年生を巻き込んで先頭に立ったから、正直オレはびっくりしたよ。すごい指導力のある奴だなあと。誰にも真似が出来ないもの。演説とその言葉の豊富さに」

「若気の仕業だったよ。恥ずかしい限りだよ。当時の校長さんには申し訳ない事をしてしまったと反省してますよ」

「オレはまったく勉強しなかったなあ。なんにも意欲はなかった。仕方なしに通学し憲法の時間だけはサボらないで聞いていたよ。関さんなんかは勉強したんだろうなあ」

と、晶三郎は中学生になった彼を思い出しながら言った。螢の光窓の雪と歌が甦ったからだ。

「川崎市の軍需工場で働いていたから、勉強は出来なかったよ」

と、関人はきっぱりと言った。が、実は要領を覚えて休むこともあったと。

「やっぱりみんなそうだったんだ」

と、勇が温和な声で言った。

晶三郎は哲学者ベルクソンの説を思い出していた。ベルクソンは経験したすべてが精神の中に保存されている。感覚も失われてはいない。そしてこれが記憶化されるのだという理論を立てた。晶三郎は、この法則を否定した。すべてが精神の中に保存されるものではない。保存されていたなら、たとえば今までのさまざまの旅行を記憶しているかといえば、妻とのもの以外などは、ほとんど消失していたからだった。

忘れない記憶。いや忘れてはならない記憶の強力な体験が夢になるが存在しない。このように考えるのだった。ベルクソンの法則に左右されてはならないと思うばかりである。

関人の強力の記憶は、川崎の軍需工場だったのか。

「私の戦争体験はなんだろう。やはり海軍航空隊へ入隊すべしが、白紙になったあの時のショックかなあ」

と、勇が回想口調で言った。

「とにかく少年だっただけに、あの一件は強烈に堪《こた》えたなあ」

と、続けた。

「まったくそうだ」

と、晶三郎は相槌《あいづち》していた。その時、晶三郎は山田無文のような体験を、関人もしたのかどうか知りたかった。山田無文のあの体験は、衆生の体験で、僧でない時の「大いなるものに抱かれあることを　今朝吹く風の涼しさに知る」に勝るそれ以上の、重大な体験であった筈だ。その時の体験を彼はこう語っていた。

〈秋の大接心《おおぜっしん》の時であった。わたくしたちは、めいめい座布団と日用品をかついで、八幡の円福寺へ籠城した。広い禅堂であったが、五、六十人の者が座るとぎっしりいっぱいだった。その時、わたくしの真向かいに座っておるクラスメートが、実に座禅に熟達しておった。彼は学校へ入る前に博多の聖福寺で数年座禅をしてきておるのである。わたくしが足が痛くなったとき、ふと彼を見ると、彼は座わったままビクッともしていない。わたくしが眠くなってふと彼を見ても、彼はピクッとも動かない。わたくしが体がだれてどうにもならなくなってふと彼を見ても、彼はさゆるぎもしない。わたくしは大いにファイトをわかした。負けてたまるものかと座り込んだ。四、五日たつと、わたくしも座っておることを忘れ、心身を忘却するところまで進んだ。まことに神人合一の静謐《せいひつ》である。そして第六日ごろ参禅の帰りに、本堂の前の真っ黄色な銀杏を見たとき、わたくしは飛び上がるほど驚いた。わたくしの心は忽然《こつぜん》と開けた。再び穏寮へ走って参禅したら、公案は直ちに通り、二、三の問題を出さ

れたが、その場で解決してしまった。二五歳の時だった〉

晶三郎が聞く。

「関さん、無文さんのように忽然として悟るというような体験があったかね」

「とてもとても先生のようにはね。先生は別格です。僕のような者は、終身修行者だよ」

「そんなことはないでしょう。ご謙遜ですよね。声望の高い海岸寺さんじゃないですか」

と、勇が口をはさんだ。

「どうして、どうして。お二人のような僕にはショックはありませんでしたよ。凡俗一如《いちにょ》、何事もこれからですよ」

関人は兼好法師が『徒然草』の最終段で、子の前で父がお手上げの末、仏は「空よりや降りけん、土よりや湧きけん」と逃げた話を思い出していた。むろん兼好法師には分かっていた。

唐の趙州和尚にも分かっていた。何が。「如何なるか是れ祖師西東意」。唐の人たちは議論百出の中で一人趙州の答えが有名になり、そこに理由は落ち着いたという。つまり何故達磨《だるま》大師《だいし》がわざわざ唐に来たのかの問いに、この趙州は「庭前の柏樹子」とただ一言。兼好が語ったあの子のようにもその父のようにも分からなかった。

祖師が来た理由は「庭前の柏樹」だと言っても誰にも分からないのだ。衆生にはまるで狂人の言だとしか思えない。無文は銀杏を見て悟った。趙州は柏樹を見て柏樹で祖師の来訪の意味を一言で答えた、と関人は理解していた。無文は銀杏を仏として見た。趙州は柏樹に達磨大師を見たのだ、と関人は信じた。しかし、誰にもそうした境地に没入できるものではないのだ。

「まだまだ、これからですよ」

杖を頼りにする歳でも、受戒の口調で関人が言った。すると晶三郎が続けた。

「オレなんか駄目だなあ。ただ言えることはこの国のことだよ。世界の情勢を見ると黙ってはいられない。憂国の思いにならざるを得んよ。勇さん、どうかね」

と、話題を変えて晶三郎が勇の思いを知りたくて言った。

「私もまったく同じだよ。きな臭くなってきたよ。困ったもんだ。昭和初年頃に似てきたと思うな」

晶三郎はこれが最後の本だ、の決意で素裸の「準国家日本の姿」を出版していた。前後して三朗《みつお》が死んだ。関人の丁寧な読経により彼を送った。海岸寺の檀家総代や、村議会の議長なども務めた三朗だった。

主権国家でない、いまの現状では、憂国の思いになるのは当然だ。心ある人はそうなる。無文のような高僧でも正しいナショナリズムは大切だと法話の中で語っていた。

ルソーが『人間不平等起源論』で、〈わたしは、国家の機関のすべての動きが共通の幸福以外には決して向かわないようにするために、主権者と人民とがただ一つの同じ利害しかもつことができないような国に生まれるのを望んだでしょう。ですが、そのようなことは、人民と主権者とが同じ人間でなければ行われえないのですから、結果としてわたしは、賢明にも穏健で、民主的な政治のもとに生まれるのを望んだろうということになります〉人民と主権者が同じ人間でない封建的な時代へのルソーの最初の革命的発声だった。

晶三郎が最初に読んだ『孤独な散歩者の夢想』は「第一〇の散歩」の章で終わっていた。さらに書き続けるつもりだったのに、ルソーは息絶えたのだ。六十六歳だった。その一一年後、フランス革命が起きたのだ。ルソーとの邂逅がこの絶筆の書から始まった晶三郎である。

晶三郎はルソー没後二四〇年の記念エッセーを書いた。「ルソー追慕の記」がそれである。『告白』も読んであった。壮大な私小説だと思った。懺悔は語らざる哲学であろうが告白は追想の大文学だと書いた。

ルソーは民主的な政治を語り、法治国家を具体的に述べていた。人間の平等とか人間の自由の意味を分かり易く説いていた。

〈国家のなかの人間がだれも自分は法を超越していると考えることはできず、また国家の外の人間がだれも法を国家に無理に押しつけて認めさせることができないようにと望んだでしょう。というのは、たとえ政府の構成がどうあろうとも、もし法に従わないものが、一人でもいれば、他のすべての人たちは必然的にその人間の意のままになってしまうからです〉

専制政治や独裁政治否定の考えが、ルソーの思想であった。法に従わない者は、権力者である。つぎに書いた『社会契約論』を晶三郎はまぎれもなき立派な国家論として読んだ。彼の代表的な足跡だ。他は『告白』であって、『孤独な散歩者の夢想』はその続編とでも位置づけるものだ。私生活は放浪。そんな生活の中からよくも『エミール』で教育を論じたものだ。それでありながら五人の子供たちはみな孤児院に任す。夫人も夫人だ。だから唐の南泉の道徳思想とここはまったく違っている。ルソーにも穴はあった。

〈われわれの本性は一致しているならば、人間は善であるかぎりにおいてしか、精神的にも健全ではありえないし、肉体的にも健康ではありえないだろう。もしそうではなくて、人間が本来性悪であるとすれば、彼は悪人で無くなったら堕落したことになり、善悪は彼にとって自然に反する悪徳にすぎなくなる〉と。

散歩しながら思考思索する彼は、道をしばしば間違えた経験者でもある。彼は若い頃から徒弟になったり、下僕になったり、音楽教師になったり、秘書になったり、家庭教師をしながら成長しつつ、何人の女性に恋したことか。

三人の酒の入った会食では、もう今は若い者たちの世界だと嘆き、彼等には昔のローマの哲学者キケロのような元気さはなかった。百年近く眠り続ける病める日本に、明日はあるのだろうか、という心配だけは、各自にあった。

「又もう一回、会食しましょうよ」

と、勇が気をとりなおして提起し、解散になった。

晶三郎は関人のうしろ姿に、山田無文という偉大な人物の残影を見る思いであった。また町政や県政に多大な貢献をしてきた政治家、勇の後ろ姿には強い男を見た。

二人は老人であっても、「年金食堂」から出た街路灯の明りに、しっかりと歩いているように見えた。

関人が杖を使っていても、それなりに大地の上にいた。

神が人間を造ったのではない。人間が神を造ったと言う哲学者フォイエルバッハがいた。また神は全能でないと言った哲学者もいた。ショウペンハウエルだ。

〈神といえども全てをなしうるわけではない。神はたとい彼がそれを欲したとしても、自殺することはできないのだ。その神は人生における最上の賜物として自殺の能力を賦与した〉と。

晶三郎は面白い哲学思想だと思ったものだ。いい歳をしていながら、彼の生の思想はまだ浮いていたのだ。

国を愛しながら、仏教の世界に迷い込み、常に死についても考えていた。人の常道とは、つまり人倫のことだった。

道徳を嘲笑し無視した者たちが、いやでも行きつく道は淪落の世界である。徳は大事な実存だとオレは学んだ。そのオレは海外の哲学者の思想に明解な答えを求めようと齷齪《あくせく》しすぎた。今こうした忍辱から解放の最晩年を迎える時がきた。そう思うのだ。

かつてオレは山田無文の『碧巌《へきがん》物語』を読んだ時、その無文禅師から、「人倫とは何か」と問われたように思い過ごしてきたが、オレに返答はできず、勝手に中国と西欧の思想の合体だろうぐらいに胡麻化してきた。たとえば遠い老子だ。道を説いた。近くはルソーだ。人間らしく生きよ、それが義務だと説いた

しかしもう明日の命も分からないので、オレは、こうした人生哲学が正答であろうがなかろうが、無文に応えなければならない気分に追い込まれてきた。

オレは平凡な答を得た。平凡だが一番重いと信じたい。

「人は愛によって生まれる。人は愛によって育てられる。育った人は徳を学び、学びつつ生きる。つまり人倫とは愛のことだ。愛だ」

愛は人類生成と同時に生まれるものだ。この平凡な答を素直に信じ、安心する他はないのだ。だがマルクスという偉大な男は、逆に人間存在を社会的諸関係の全体と説明する。

しかしオレはマルクスより解り易く、桃にたとえて説明する。眼の前のこの桃は当然存在だ。そして桃の果実が実存だ。人間が食べ生きる部分だ。そして肝心要《かなめ》が核だ。これが崇高の愛なのだ。この例なら子供にも分かるだろう。

問題は実存のところである。生産活動のところである。これが年年歳歳変調の度を増してきたことだ。今安心する他はない、と人倫の意味をオレなりの弁証法を得たが、これは早計、人類の実存はすでに狂い出して止まらない。天の法則を破ったからである。誰あろう天の法

則を無視したのは、愚かな実存的人間たちである。思うに、壮大なバチあたりの思想だ。糞婆の天子が満面微笑でオレを見ている。オレは天子に敗けたと思った。

天空を見よ。地上を見よ。海中を見よ。この恐ろしい変貌の姿は、もはや正視できないほどではないか。愚かな人間どもは、異口同音に温暖化のせいだと騒ぎ立て、周章狼狽するばかりである。そればかりか国内戦をする国もあれば、国と国との戦争に明け暮れる国もある。人間どもが道を踏み外し、分をわきまえず人間愛を捨てたからだ。愚かなオレは情けなくもそう思う他はないのだ。救いようもないではないか。

見よ、天才詩人ランボウの描く地獄図を。淪落の真黒い巨大な口《くち》が見える距離にあっても、人人は見ようともしない。

「バチ当たりめ！」

と、いうあの祖母天子《てご》の声を、オレはなぜか懐かしい声として、静かに聞いた。

「バチアタリメ……か」

「ああ、そうかも知れない」

これは老生の癖になっている独り言だ。バチアタリ。

思えば独り言の癖は、一三年前、妻が「美彩院晶室一絵大姉位」となった時から始まったものらしい。

そしてこれが愚かなオレの拙《つたな》い人生らしいというものかも知れないのだ。

完

しみず しょうぞう

1930年山梨県生まれ。
主な著書
小説：『男の友情』『粉糠三合説異聞』
評論：『椎名麟三の神と太宰治の神』
（以上、原書房）
『日米同盟という妄想』
（同時代社）

如何なるや人倫
94歳、迷いながらも生きてきた

二〇二四年四月 五 日印刷
二〇二四年四月十五日発行

著者 清水昭三
発行者 飯島徹
発行所 未知谷
東京都千代田区神田猿楽町二 - 五 - 九
〒一〇一 - 〇〇六四
Tel.03-5281-3751 ／ Fax.03-5281-3752
［振替］00130-4-653627

組版 柏木薫
印刷 モリモト印刷
製本 牧製本

Publisher Michitani Co. Ltd., Tokyo
ISBN978-4-89642-721-9 C0093